說不出口的 I LOVE YOU

瑞昇文化

纯愛學園。英文老師
「說不出口的I LOVE YOU」 目次

買到想要的CD了！等了好久終於上市了…
還是西洋音樂最棒了♥
我叫羽生愛
14歲
一邊聽這張CD一邊認真準備入學測驗吧！
雖然還沒決定要考哪一所學校…
握拳
我有一個夢想
以後要出國留學！
從小我就很喜歡外國的生活和語言。
從小學五年級就開始補習英文了！
等到春假結束之後，我就是國中三年級的學生了！
可是…
我們家的每一間房間都是榻榻米，沒有沙發也沒有床，是純日式的木造住宅。
吃的都是燉煮和涼拌的料理！
THE 和

總有一天
我要離開
這麼老土的家！
我想坐在沙發上
優雅的聽音樂、
睡在
軟綿綿的床上！
然後像女強人一樣
在世界各地
飛來飛去！
啊
外國人！
一個人旅行嗎？
撲通
該、
該不會…
Excuse me, but could you tell me how to get to Yamashita Park?
（不好意思，請問一下山下公園要怎麼走呢？）
太好了！
說英文的
機會來了!!
我在補習班學過
用英文報路的方法！
Sure. Go straight, and...
（沒問題。從這裡直走，接下來…）
and...
咦？
「在第二個紅綠燈右轉」
該怎麼說呢？

怎麼辦！
想不出來！
唔～
唔～
May I help you?
（怎麼了？）
咦？
Thank you. I'm a little lost.
（謝謝。我有點迷路…）
I see. Where were you heading?
（你想去哪裡呢？）
日本人？歸國子女嗎？
Yes.
（好的。）
OK. You see the second traffic light over there.
（我了解了。有沒有看到那邊第二個紅綠燈。）
英文講的真好——
好崇拜哦…

I see. Thank you so much!
（我知道了。謝謝你！）
My pleasure. Have a nice trip.
（不客氣。祝你旅途愉快。）
哇
好厲害！連打招呼都很完美！
剛才真不知道該如何是好…
點頭
——得救了
呼
多虧這個人救了我。
要跟他道謝才行…
呃…
Thank you——

超帥的！
沒想到他竟然這麼帥……！
I can't English... uh...（我、英文、不懂…）
心跳的好快！
I,no, th...（完全、呃…）
噗
……噗？……
咦咦？
他該不會是在笑我吧？
You're funny!

You're
我聽得懂…
方尼是什麼意思呢？
他把當我笨蛋嗎？
他英文講那麼好，
本來我還很崇拜的…
竊笑
討厭鬼!!
做鬼臉
好過份！
真不甘心!!
藏
!
回家之後
一定要查字典，
查方尼是什麼意思！
討厭…
…我想想
方尼的英文怎麼寫呢？

【第1章】

I am Kurisu Yu.

（我是栗須有）

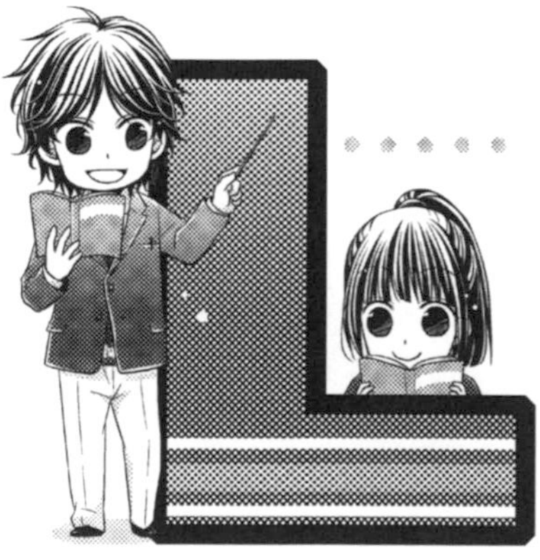

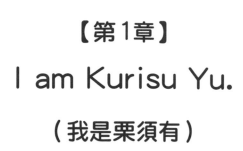

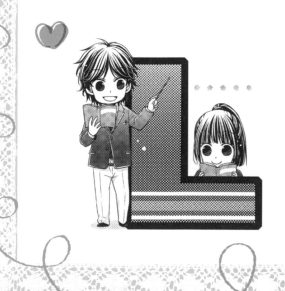

春假結束了，今天是升上國三的第一天。

一想到自己已經升上沒有學長姐的最高年級，總覺得要好好振作才行。

我聽著剛買來的西洋音樂CD，開始晨間的盥洗工作。

明明是我期待了好久才買到的CD，聽起來感覺卻是不太開心。

因為我都會想起春假被外國人問路，在我不知道如何是好的時候遇見的那個人！

雖然他幫我解危，可是又用英語嘲笑我……！

那一天回家之後，我馬上翻字典查 funny 的意思。

『好笑的』、『奇妙的』、『奇怪的』……根本沒一個是好意思嘛！

「You're funny!」不就是「你很好笑耶！」的意思嗎？

而且那個人說完之後還噗哧一聲，一副我很可笑的樣子！

唉～，感覺好差啊！下次再見面的話，我一定要用英文反擊！

來到在粉紅色櫻花環繞之下的學校，已經有好多學生聚集在中庭，好不熱鬧。

人潮後方的大型公佈欄上，張貼著新的班級分配表。

「太好了！我們又同班了！」

「不會吧。我們不同班耶，好寂寞哦！」

在此起彼落的聲音裡，我的心砰砰跳，一邊找尋自己的名字。

羽生愛、羽生愛……。有了，在二班！

班導一樣是二年級時的井上老師。太好了！

真由子在哪一班呢？

橘真由子、橘真由子……我正在找的時候，有人從後面拍拍我的肩膀。

「小愛！我們又同班了。請多多指教哦！」

我回過頭，真由子對我露出微笑。

「真由子！三年都同班，簡直是奇蹟耶！超高興的。」

「小愛妳太誇張了啦～」

真由子的個性成熟穩重，是個女人味十足的千金小姐。

她的肌膚白晰，還有一頭長長的黑髮，完全符合「大和撫子」的印象。

雖然我們兩人的個性完全不同，不過我們卻很合得來。

畢業旅行也可以一起去玩，三年級一定會過很愉快！

開學典禮隔天。不知道是什麼原因，新教室裡交頭接耳的，不太平靜。

「怎麼了？」

我下定決心，加入第一次同班的女孩群對話裡。

「妳知道第一節課新來的英文老師嗎？」

「不知道耶！」

「聽說好像是外籍男老師。」

「好像叫做 Chris 老師。不知道是什麼樣的老師呢？」

聽到外國人，我又想到春假的事情了。那個人，還有把我當笨蛋的笑容。

當時沒能好好回答，現在想起來真是太後悔了。

好吧，我要在新來的英文母語老師門下認真學英文了！

第一節課的鐘聲響起。我們回到座位，等待老師的到來。

Chris 老師會是什麼樣的老師呢？美國人？英國人？

當我心跳個不停的時候，門被人拉開了。

走進來的是一個黑頭髮黑眼睛的日本男人！

咦？什麼嘛，根本不是外國人啊！

站在黑板前方的人，完全不介意我們的驚訝，用自己的步調向大家打招呼。

「Hi! Nice to meet you.（嗨！很高興見到各位！）」

他的發音比英文補習班的老師好太多了！咦？所以他的母語是英文嗎？

「好強！講得真好！」

「而且超帥的耶！好像明星哦！」

這個突然出現、來路不明的老師，引起全班的大騷動！

他長得很高，臉很小，的確很帥氣。

穿著合身的黑色外套，領帶略微鬆開，感覺也很時髦。

……怎麼覺得有點眼熟。

「我是Kurisu Yu，從今天起擔任大家的英文老師。請多指教！」

他露出微笑的瞬間，我差點從椅子上跌下來。

啊啊！他是幾天前把我當笨蛋的那個人！

真的假的!?沒想到他竟然是我們學校的老師！

我覺得好丟臉，把課本立起來遮住自己的臉。

在眾人的注目下，老師拿粉筆在黑板上輕快的滑動。

『I am Kurisu Yu.（我是栗須有。）』

『栗須有』。大家說的Chris……寫成「栗須」嗎!?

「每次提到我的名字，就常被大家誤認為外國人，不過我是一個貨真價實的日本人。因為父親工作的關係，從國小到高中一直待在美國洛杉磯，讀大學的時候才回來日本。也就是所謂的歸國子女。」

竟然在國外待了這麼久。好羨慕啊……。

我偷偷盯著栗須老師的臉。

雖然是貨真價實的日本人，不過他的五官很深邃，眼睛也很大，亂亂的頭髮也有一種外國人的感覺耶……。

「只要上過我的英文課，大家一定可以說得一口流利的英文，我保證。你們要跟上哦。」

大家在瞬間摒住氣息。

「啊，還有我是這一班的副班導，多指教啦！」

這種說話方式是怎樣。雖然是老師，怎麼一副超～了不起的樣子？我覺得很火大，忍不住抬起頭，我的好運也到此為止。

栗須老師瞪大眼睛指著我。

「啊！妳是之前那個 funny 的傢伙！」

被發現了！怎麼辦!?

「哦哦，妳是這裡的學生嗎？嚇我一跳！What's your name?（妳叫什麼名字？）」

全班的視線都轉到我身上。

實在是太丟臉了，我說不出話來。

我紅著臉僵在原地，栗須老師來回看著我和座位表之後說。

「我看看，『羽毛的羽』和『出生的生』，這個日文要怎麼唸呢？」

「Ha、『Habu』。我叫羽生愛（Habu Ai）」

「『Habu』是『擁有』的那個『have』嗎？哈哈，What do you have?（妳擁有什麼呢？）」

「咦……？」

「哈哈哈！開玩笑的。妳的英文要再多加油哦，愛。」

啥？氣死人了！而且還直接叫我的名字『愛』！

「羽生，妳怎麼認識老師的啊？」

坐在斜前方的橫山同學轉頭問我。

「那是因為……。也不是認識啦。只見過一次面。」

我慌張的回答後，教室裡傳來哇的聲響。

「咦，在哪裡見過？該不會是他跟你搭訕吧？」

「小愛真猛！」

我還聽到有人吹口哨的聲音。討厭，怎麼會發展成這樣！

「才、才不是呢！」

我連忙否認，栗須老師張開雙手，有點不耐煩的說道。

「我才不會跟小鬼搭訕呢！之前有外國人跟愛問路，她不知如何是好的時候，我正好經過而已！」

小、小鬼!?

「真的嗎？羽生，老師救了妳啊？」

「小愛不是補了好幾年英文嗎？妳沒辦法報路嗎？」

懊悔和丟臉讓我全身發抖，這時栗須老師大笑。

「那個時候愛手忙腳亂的，超有趣的耶！」

嗚、氣死我了！竟然全都跟大家說了！

當時只是情況太突然了，我一時說不出來而已。

我一定要更認真唸英文，讓那種老師刮目相看！

栗須老師一走出教室，全班就陷入大騷動。

「什麼嘛，看他那副自信滿滿的態度！」

「歸國子女都是這樣嗎？只不過是在外國住比較久嘛！」

「近看真的超帥的耶。不過個性有點差⋯⋯」

真由子趁亂跑到我身邊。

「小愛！我嚇了一跳。沒想到妳竟然見過栗須老師。」

「也不算是見過啦，該怎麼說呢⋯⋯」

「現在又以老師和學生的身分再度見面，感覺不就像是命運的安排嗎？」

「別這樣啦。誰要跟那個壞心眼的傢伙！」
「可是小愛困擾的時候，他不是出手相救嗎？」
「話是這樣說沒錯啦……。最後還不是把我當笨蛋。今天也是！啊，真是夠了！一想起來就火大！」
「咦…，不過我覺得那種自我中心型的人，感覺蠻帥的啊……」
正如同真由子說的，那個從上往下俯視的感覺，就是個『自我中心型』的人。
總不可能跟那種討厭鬼有什麼『命運』的安排吧！
我的夢想可是『跟我最愛的人，談一場大戀愛再結合』耶！
沒錯，為了遇見夢寐以求的對象，我甚至可以跨海追尋……。
和栗須老師經歷了最糟糕的重逢之後，已經過了兩星期，現在是放學後。
這個星期負責打掃的鈴木同學沒在掃地，而是站在正在用清潔器清理板擦的橫山同學旁邊碎碎念。
「……又蹺掉回家了嗎？真是的，那個傢伙在想什麼啊？」

他眉頭深鎖，露出不高興的表情。怎麼了？

「喂，鈴木同學，不要只知道動口，還要掃地哦！」

「好啦好啦，羽生老師，我知道了～」

二年級的時候也和鈴木同學同班，我們的交情好得可以互開玩笑。

「因為成田太煩了嘛～」

「成田是去年四班那個嗎？」

「對。那傢伙啊，這個星期一次也沒來打掃。上個星期輪到他當值日生的時候也是，連日誌也沒寫，就一溜煙的回家了。很奇怪吧？」

橫山同學也用力的點點頭。

我確實不曾看過成田同學打掃，也沒看過他跟別人說話。

也許是跟嘻嘻哈哈的鈴木同學他們處不來，新學期才剛開始，還沒融入環境吧。

或是有什麼其他的原因嗎？

不久後成田同學就沒來上過學。今天已經是第四天了。

「拒絕上學嗎？」

「他已經不打算來上學了嗎？」

問過班導井上老師之後，聽說並不是因為感冒或是流感，而是『私人因素』。

空出來的課桌椅看起來有點寂寞，我也一直很在意。

「Hi, everyone!（大家好！）」

無視於這樣的情緒，穿著米色外套的栗須老師精神抖擻的走進教室。

「How are you?（大家還好嗎？）」

「I'm fine, thank you. And you?（我很好。你好嗎？）」

大家用老樣子打招呼，老師哼了一聲之後說。

「我說你們啊，總是用這麼老套的方式打招呼，這樣很有趣嗎？」

大家嚇了一跳，安靜下來。沒想到竟然會被打槍。

「大家都是人嘛，總有情況不錯的時候，也會有不好的時候吧？再說『I'm fine, thank you. And you?』，英文母語的人聽起來就像是『哦，我不錯啊。你又怎樣？』有點像在拒絕對方的意思哦！」

……栗須老師的英文課通常都是這樣。

甚至都讓人懷疑去年那個大叔老師在教什麼了，每次都有新的震撼。

「OK.今天從 Lesson 2 開始。這一頁……優子，請妳唸一下。」

第一個被點名的優子站起來，自信滿滿的讀著。

「Perfect!（很好！）妳有好好預習吧！」

哼～。這種程度我也唸得出來啊。

「From next page,（下一頁，）……悟，可以請你唸一下嗎？」

老師看著座位表說完，鈴木同學用不正經的口氣回答。

「不～在。成田已經不會再來學校了～」

大家鬨堂大笑，我忍不住一把火燒上來。

鈴木同學，你不用講成這樣吧！

大家也不用笑成這樣嘛！

教室裡充斥著不愉快的笑聲，我忍不住站起來。

「喂，剛才講那樣太……」

「Hey, you guys! Knock it off!（喂，大家別鬧了！）」

我說的話被栗須老師的英文蓋過了。

老師眼裡明顯帶著一股怒氣。第一次看到他這種表情。

「沒那回事哦~！悟很棒，也很有毅力哦。他不會這麼輕易就不來上學。雖然現在有事不能來學校，等到情況許可之後，他一定會來上學的！」

鬧哄哄的教室瞬間安靜下來。

栗須老師為什麼要袒護成田同學呢？

成田同學明明很少來學校，老師為什麼知道他「有毅力」呢？

幾天後的星期天傍晚。

我待在自己的房間，一如往常的聽著西洋音樂CD。

閉上眼睛，想像著藍天之下，自己神清氣爽的走在外國街頭的模樣。

……不過現實生活中，我硬是在又舊又硬的榻榻米上舖了一塊粉紅色的地毯。

忍不住嘆了一口氣，媽媽拉開拉門走了進來。

「愛，有事要麻煩妳幫忙。」

「什麼？」

「今天晚上本來打算要煮火鍋，打開冰箱才發現酸桔醋用完了。可以麻煩妳去超市幫我買嗎？」

「咦，現在嗎？我想把這首歌聽完耶……」

我嘟著嘴心不甘情不願的走出門。

最慘的事情發生了。都跑來超市了，結果酸桔醋架上竟然缺貨了。

怎麼辦……？總不能這樣空手回去吧？

對了，再過去好像還有一家便利商店。那裡說不定有賣！

我穿過太陽西沈的小鎮，靠自己記憶中的印象走到遠方的便利商店。

明亮的燈光照亮店門口，店員正在搬一個看起來很沈重的紙箱。

「咦？你該不會是成田同學吧……？」

「……你是誰？」

成田同學穿著便利商店的制服，他放下紙箱，用訝異的神情看著我。

「我是跟你一樣讀二班的羽生。不記得了嗎？」

「哦哦，英文課的時候跟栗須吵架的那個啊？」

「嗚。……算了，這樣說也沒錯。成田同學，你在這裡幹嘛？」

「這是我們家開的店啦！」

成田同學用大姆指比著後面的便利商店。

「這樣啊。請問……你不來上學了嗎？」

「嗯。現在我老爸住院了，我不在家的話，老媽會忙不過來……。雖然我們家的店很小。」

這就是『私人因素』啊。大家什麼都不知道，還說他的壞話……。

話說回來，栗須老師為什麼知道呢？

「栗須老師還袒護成田同學耶。他說『悟很棒，也很有毅力哦。』為什麼他會這麼說呢？」

我忍不住問道，成田同學有一點害羞，用髒手抓抓他的頭之後說。

「哦，栗須啊？他把上課的講義送來我家，而且還每天都來。」

「真的嗎？」

「嗯。所以我在店裡幫忙的事就露餡了。雖然栗須老是裝模作樣，本來覺得有點討人厭，沒想到他是個好人耶。之前還幫我顧店哦！」

不敢相信！栗須老師顧店？光是想像就好好笑哦！

栗須老師的嘴巴很壞，沒想到他也有這麼善良的一面。
就像真由子說的，第一次見面的時候，他也出面幫了我……。

在便利商店遇到成田同學的隔天，我對鈴木同學說。
「昨天我偶然看到成田同學在自己家裡的便利商店工作。聽說他爸爸住院了，所以他要幫忙店裡的事情，暫時不能來學校。」
「這樣啊……。我什麼都不知道，還說他的壞話，對成田真不好意思…」
鈴木同學萬分抱歉似的說道，我乾脆再跟他說另一個秘密。
「……我還聽說啊，栗須老師每天都送上課的講義給他。」
「咦？真的嗎？不敢相信。所以老師才會袒護成田啊?!」
鈴木同學馬上就去跟大嘴巴的橫山同學說，這件事一下子就傳開了。
拜他之賜，等到成田同學回學校時，全班都很熱烈的歡迎他。
「很辛苦吧？你爸爸現在已經沒事了嗎？」
「聽說栗須老師幫你顧店，這件事是真的嗎？」

看到大家的態度跟以前不一樣，成田同學一度感到困惑，不過他還是有點害羞的點了點頭。

成田同學的事情解決了，今天在田徑社的練習好像更有衝勁了。

等到我拖著疲憊的身子，準備回家的時候，正好在門口遇上栗須老師。

「啊，老師！」

「什麼啊，這不是小愛嘛？」

「什麼啊是什麼意思！」

栗須老師雙手抱著一大疊講義，露出一如往常的微笑。

「……我聽成田同學說了。聽說老師每天都會送講義給他，還幫他顧店。沒想到老師也有善良的一面嘛！」

「What are you talking about?（妳在說什麼？）我什麼都沒做哦！」

栗須老師有一點臉紅，把視線從我的臉上移開之後說到。

「難得誇你一次，幹嘛害羞啊。真是的，真不坦率啊！」

「講得這麼得意，妳啊，今天那個英文發音是怎麼回事啊？『light』和『right』的發音都唸成一樣了！這樣子英文母語的人聽不懂啦！」

唉唉，他果然是個討厭鬼！

栗須老師的特別講座⑦

OK！這個部分大家來認識 be 動詞吧。
第 1 章的☆部分，老師，請再多講一點！

I am Kurisu Yu.
我是栗須有。
（16 頁）

be 動詞指的是 am、are、is 哦。be 動詞表示「是～」或是「（人或物）在～」。I am Kurisu Yu. 的 am 就是「是～」的意思。作用是連接 I 和 Kurisu Yu，表示兩者相等。也就是說「我」等於「栗須有」。

I am at home now. 表示「我現在在家裡」，這時的 am 就是「在～」的意思。

How are you?
你好嗎？
（22 頁）

接下來認識 am、are、is 該在什麼時候使用吧。主詞是 I（我）的話，be 動詞用 am。主詞是 you（你）時，則用 are。主詞不是 I 也不是 you，是「一個人」或「一件事物」的話，則用 is 。到這裡還 OK 嗎？主詞是兩人以上或是兩件以上，也就是複數時，be 動詞就用 are 哦。請記住它們的區別吧。

・I am Ai.（我是愛）・You are tall.（你很高）
・He is a teacher.（他是老師）・They are friends.（他們是朋友）

就是這樣哦。大家懂了嗎？

I'm fine, thank you.
我很好。謝謝。
（22 頁）

be 動詞也會大量出現在常用的會話表現上，介紹幾個例句吧。首先是關於年齡的表現。

・How old are you?（請問你幾歲？）聽到這個問題時，

・I'm fifteen.（我 15 歲），可以回答這個句子。這是 I am fifteen years old.的省略說法。

・接下來是關於故鄉的應答。

・Where are you from?（你來自哪裡？）這個問題可以回答，

・I'm from Japan.（日本）或是

・I'm from Yokohama.（橫濱）這類的地點。

・順便學習讚美對方的說法吧。

・You're great!（你真棒！）或是

・That's a good idea.（好主意），都很好用哦。另外還有將物品交給對方時的表現，記起來也很好用。

・Here you are. 表示「來，給你」。

I'm 是 I am 的縮寫，you're 是 you are 的縮寫。that's 是 that is 的縮寫哦。對話時最常使用各種縮寫型態，英聽的時候千萬不要驚慌哦。

Check!
老師的小測驗

分別在下列的（　）中填入 am、are、is，完成句子吧。

3

Q.1 You and I（　　）good friends.
「你和我是好朋友。」

Q.2 He（　　）very tall.
「他非常高。」

Q.3 I（　　）a junior high school student.
「我是國中生。」

答案 Q.1……are ／ Q.2……is ／ Q.3……am

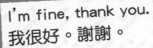

小愛的用英文談戀愛

We get along well, don't we?
「我們真的很合得來耶！」

想感情加溫的時候

這個專欄要介紹各種讓妳和心儀對象拉近距離的英文表現哦！

遇到不錯的男性時，最介意的就是和對方合不合得來吧。稍微聊一下之後，發現兩人的興趣相投。這個時候可以說這個句子，看一下對方的反應吧！

♡ We get along well, don't we?（我們真的很合得來耶）

等到對方同意之後，不妨再加這一句話。

♡ I like being with you.（跟你在一起很開心哦）

太坦白了嗎？我覺得最好能夠直接表達開心的心情。如果自己很開心的話，對方應該也很愉快！

剛開始應該很難進展到單獨見面，如果朋友也在場的話，說不定有機會一起出去玩。那麼最好也約定下次見面的機會哦。

♡ Let's meet again!（下次再見吧！）

如果對方說 Yes, let's!（嗯，下次見吧！）應該就表示有機會了。下次也許有機會單獨見面哦。

【第2章】

You have a beautiful family.

（你的家庭真美滿）

柔和的春光，照進早上雨勢方歇的玄關。

我把鞋子整理好，用掃把將玄關水泥地的每一個角落都掃乾淨，再用抹布濕擦。

最後從院子裡摘來一朵當季的花朵，插在花瓶裡裝飾。

這是我每天早上的日課，從小學開始一直持續到現在。

雖然一開始也不是心甘情願的做這個工作，不過現在只要一睜開眼睛，身體自然就會做這些動作。

結束打掃工作之後，我坐在起居室，穿著日式圍裙的媽媽端來白飯和味噌湯。

「早安，愛。」

「早安。爸爸呢？」

「好像發生什麼重大案件，半夜就被叫出去了。」

「警察還真辛苦啊～」

我說著，拿起電視的遙控器，按下電源。

平常日的早餐時間，我都會看NHK的英語會話講座。

電視上，一名身著套裝的外國女性坐在時髦的咖啡廳窗戶旁的座位。

「I eat bagels every morning.（我每天早上都吃貝果。）」

「She likes coffee.（她喜歡喝咖啡。）」

白色的桌上擺著貝果、炒蛋、培根、柳橙汁……。

真好。我從來沒吃過這種早餐耶。

眼前的餐桌上擺著一成不變的白飯、味噌湯、煎竹筴魚、納豆……。

我向坐在對面，正在拿筷子的媽媽說。

「我們的早餐偶爾也吃麵包嘛。」

「妳在說什麼傻話。早上就是要吃白飯配味噌湯啊！不吃飯肚子怎麼受得了。」

「才沒那回事呢！歐美人從早就吃麵包啦。還是可以撐到中午啊！」

「愛是日本人吧。再說準備日式早餐還比較花時間耶。別再說那些歪理啦，快點吃吧！」

「準備麵包又不會怎樣。小氣鬼！」

「既然妳這麼講的話，明天起我就不幫愛準備早餐了，妳就用自己的零用錢，看妳要買麵包還是買什麼都好。」

「我也想這樣！」

我站起來，將沒吃完的飯碗端到流理台。

為什麼我要生在這麼老古板的家裡呢？追根究底，我為什麼要生在日本呢？

說不定我原本可以在更漂亮的房子裡，過著時髦的生活呢。
說不定不用唸書也能說得一口流利的英文。……像栗須老師這樣。

我憂鬱的來到學校門口，真由子正好在換鞋子。
「啊、小愛，早安！妳怎麼一臉不開心的樣子，怎麼啦？」
「嗯。一大早就跟媽媽吵架了……」
「這樣啊。我也經常跟媽媽吵架啊。可是一下子就和好了。」
真由子穩重的口氣讓我覺得心情好像比較好了。
「對了，小愛，這個星期六有空嗎？」
「咦？沒什麼事啊。怎麼了？」
「雖然有點突然，要不要去迪士尼樂園呢？我爸爸的公司給他只有那天才能使用的招待券。一共有四張，我想要不要再找亞里紗和由美……」
「我去我去！我絕對去！」
我最喜歡迪士尼樂園和迪士尼海洋了！感覺就像出國一樣！

「嗯，雖然可以去，不過還是要請妳先問一下媽媽哦！」

……媽媽會同意我們幾個小孩自己去迪士尼樂園嗎？

先別說這個問題了，今天早上才吵架，還有一點尷尬……。

「我回來了……」

我畏畏縮縮的，對著媽媽正在廚房準備晚餐的背影說話。

「這個星期六我可以跟真由子她們一起去迪士尼樂園嗎？真由子的爸爸有招待券，才會約我一起去。」

「唉呀，不行哦。星期六是妳曾祖父的法事。」

媽媽一副理所當然的樣子，乾脆俐落的回答。

「咦～？我怎麼沒聽說！我一定要去嗎？」

「這是當然的啊？」

「如果是葬禮就算了，曾祖父早就已經過世好幾十年了耶！」

「他是妳的祖先吧？比起沒有血緣關係的米奇，曾祖父當然比較重要！親戚們都會來，只有愛去迪士尼樂園不能出席，妳認為這樣說得過去嗎？」

「什麼嘛？真不敢相信！」

媽媽無視怒氣衝天的我，將剛煮好的餐點送到起居室。

今天的晚餐是青花魚味噌煮和燙菠菜。

我低著頭，不發一語的吃完飯，迅速收拾好之後回到自己的房間。

從CD架上，選一張聽起來最開心的CD，放進音響裡。

當輕快的節奏響起，強忍著的淚水一直掉下來。

媽媽是笨蛋！一點也不知變通！

第二天早上，我心情沈重的走進教室，真由子她們三個人已經聊得很開心。

她們一定在聊迪士尼樂園吧……。

我不知道該怎麼開口，只好默默坐在自己的座位上，真由子看到我之後跑了過來。

「小愛，早安！妳媽媽怎麼說？」

「唉，就是啊。這個星期六是我曾祖父的法事，所以不能去。……好遺憾哦……」

真由子的表情越來越消沈了。
「這樣啊……。亞里紗和由美都說ＯＫ耶。小愛不能去真的好可惜哦。」
我也覺得好可惜啊……。
比起法事，跟大家一起去迪士尼樂園肯定好玩幾萬倍。
我們陷入尷尬的沈默，這時上課的鐘聲響了，我們的班導井上老師走了進來。
「……我會幫小愛買小禮物的。」
真由子一臉歉意的回到自己的座位。
班會開始後，井上老師依序從第一排開始發調查表。
「我們要辦家庭訪問囉。請家長從這張紙的日期裡，選出方便的時間，下星期一以前繳回哦！」
教室突然一陣騷動。因為是新的班級，才會辦家庭訪問吧。
一想到今年又要讓井上老師看到那個老舊的純日式房子，我就提不起勁。
而且每次只要家裡有訪客，我們家的媽媽就會大費周章的準備。
哇，好討厭哦……。現在就已經跟媽媽鬧得不愉快了。

原本計畫去迪士尼樂園的那個星期六。

我和雙親跟親戚一起，前往曾祖父墓園所在的寺廟。

「小愛，一陣子不見已經長大了耶。已經國中啦？好快哦！」

「今年要考試了吧？加油哦！」

這種話不用你說我也知道！

現在真由子她們應該在玩太空山，興奮的尖叫吧。

和迪士尼的人偶拍照，吃著咖哩口味的爆米花吧。

我也好想去哦……。

跟好久不見的表姊見面，還蠻開心的，除此之外一整天都很無聊。

回到家裡，我畏畏縮縮的將家庭訪問的那張紙，遞給正在整理禮服的媽媽。

「……可以幫我寫這個嗎？星期一以前要交。」

「家庭訪問？什麼？不是快到了嗎！為什麼不早點拿出來呢！」

因為太尷尬，我一直不敢拿出來，結果還是被罵了，跟媽媽的關係越來越糟。

一陣忙亂中沒看到今天早上的電視，不過今天的星座占卜我一定是運勢最差吧……。

星期一的教室裡，真由子她們將迪士尼樂園的小禮物交給我。是一條繡著『love』和米妮的粉紅色心型小毛巾……。

「妳看，是『love』哦？我覺得好適合小『愛』，所以就買了！」

「超可愛的耶。謝謝……」

雖然我說的很誠懇，還是難掩沒辦法一起去玩的寂寞。

「……下次小愛也一起去玩吧！」

星期五，這是直到最後一刻才敲定的家庭訪問日。

我緊張的從學校回家，身著和服的媽媽端著茶具出來接我。

媽媽的興趣是學習穿著和服與茶道。

「妳已經準備好啦……」

「雖然房子舊了點，招待的心情才重要吧？」

聽她說完，我瞄了客廳一眼，已經鋪了茶道用的紅地毯。

唉。好丟臉哦。只不過是家庭訪問……。

我走進自己的房間，換穿便服，心神不寧的等老師來訪。已經超過預定時間15分鐘了，井上老師還是沒有出現。老師好慢哦。發生什麼事了？在前面的家庭留太久了嗎？我擔心的正想走下樓時，門鈴響了。

「來了。」

「不好意思來晚了。我是三年二班的副班導栗須。」

栗須老師!?真的假的!?

我慌張的跑下樓梯，站在玄關的真的是栗須老師本人。

老師穿著西裝，瞄了我呆傻的臉一眼，接著說。

「我們班上的橫山同學在放學途中被自行車撞上，出了一點意外。」

「真的嗎!?」

「不要緊吧？」

「還好傷勢並不嚴重，不過井上老師接獲聯絡，現在趕到醫院了。真是非常抱歉，要由我代替井上老師拜訪剩下的家庭。」

原來如此。橫山同學還好吧？

話說回來，栗須老師說話的方式跟平常不一樣，非常客氣。難道是因為緊張嗎？

「這樣啊。辛苦您了。……我們家的愛總是受到您的照顧。請進來吧！」

栗須老師有一點不知所措，被帶進鋪著紅地毯的客房裡了。

我好想知道老師跟媽媽的說話內容。

我假裝已經走上二樓，坐在樓梯上豎起耳朵。

「Wow!（哇！）Cool!（好酷！）的和室哦。我在美國住了很久，從來沒住過有和室的房子耶！」

「真的嗎？老師，請用甜點吧！」

「Amazing!（好厲害！）櫻花的形狀耶！好漂亮的粉紅色。」

最近我才知道。說英文的時候，就是老師不自覺說出真心話的時候。

栗須老師是不是真的很感動呢？

「這叫做練切哦。老師第一次吃嗎？」

「以前沒吃過。太漂亮了，我覺得吃掉好可惜！」

老師居然沒吃過那種日本點心，很稀奇耶。

「愛同學在家裡怎麼樣呢？」

「她的個性好強，又很頑固。最近老是反抗我。」
「哈哈哈，她看起來確實是一付個性好強的樣子！」
真過份！兩個人不必一起說我的壞話吧！
「真的給老師添麻煩了。她在學校如何呢？」
「她很認真哦。最擅長的就是我教的英文了。我覺得她很努力。」
咦？栗須老師誇獎我耶！而且還是說我英文好！
平常總是說我的『發音不好』還是『英文母語的人聽不懂』，把我當成笨蛋。
「她很活潑，也懂得關心別人，在班上也很受歡迎哦。而且她又很穩重。」
真不敢相信！沒想到老師竟然是這樣看我的。
「聽你這麼說，我覺得很高興。我一直嚴格管教愛，希望她到任何地方都不會失了體面。」
「這樣啊！」
「愛從小學開始，每天早上都會打掃玄關之後才去上學哦。玄關的花也是愛插的。」
「真的啊……。剛才我覺得那朵花很漂亮，還多看了幾眼。」
沒想到媽媽和栗須老師都這樣誇獎我……。

聽到兩個人開朗的笑聲，我覺得情緒好激動。

「愛──。栗須老師要回去了。幫我送送他。」

我慌忙回應，假裝從二樓跑下來，下樓還刻意發出腳步聲。

站在玄關的栗須老師對我露出微笑。

接著來回看著插花和我，為了不讓媽媽聽見，他壓低了聲音問道。

「愛，這是什麼花啊？」

「這個叫做忘都草。在我家的庭院，每逢這個季節都會開花。」

「妳知道啊。真的是妳插的囉？」

真是的，果然還是平常那個壞心眼的栗須老師！

「開玩笑的。別生氣嘛！」

栗須老師又露出微笑，接著朝媽媽的方向低頭致意。

「非常感謝您。承蒙您招待茶水與點心。非常好吃。」

「別放在心上。謝謝您。今後愛也要請您多多關照了。」

栗須老師正打算走出玄關，突然又停下腳步轉過頭對我說道。

「接下來我要去真由子家，妳可以帶我去嗎？」

我推著腳踏車和栗須老師並排走在傍晚的馬路上。
真由子她家確實不太好找，只是沒想到竟然是由我帶老師過去。
在學校明明什麼話都能聊，還能說些輕狂的話，兩個人獨處的時候卻好像是變了調。
「媽媽還穿了和服，鋪了紅地毯，有點太誇張了啦，我們家真是又土又老氣，所以我想趕快離開家裡。」
我很害怕這樣的沈默，一個人說個不停。
「所以我的夢想是出國，住在漂亮的房間裡，過著優雅的生活……」
「妳在說什麼啊!?」
老師突然用嚴肅的口氣打斷我的話。
「妳完全不懂媽媽教妳的事有多麼重要！」
「……什麼意思？」
「重視每個日子，享受並珍惜四季。這是妳每天早上都在做的事情吧？」
「那種事！不是理所當然嗎？」
「因為妳媽媽的教誨，妳才能說這種事理所當然吧？妳要感謝她哦！」
沒想到竟然會被栗須老師說教。不知怎的我沒辦法像平常那樣回嘴……。

「我在第一堂課聽到妳的名字唸成『Habu』的時候，還問妳『擁有什麼』吧？我現在知道囉。『You have a beautiful family.』」

咦？「beautiful」？什麼意思？

「哦，我看到『橘』了。這裡吧？謝謝！」

我還沒發現真由子家已經到了，栗須老師笑著對我揮揮手。

「Take care! Bye!（回家的路上小心哦！）」

我急忙回家，直接衝進自己房間，馬上就查了字典。

「beautiful」除了「美麗」之外，在美國還有「美滿、很棒」的意思……。

這樣的話，『You have a beautiful family.』就是「你有個很棒的家庭」囉？

他的意思是在稱讚我「你的家庭真美滿」……？

竟然當面讚美別人「很棒」，栗須先生真的不太一樣耶。

遇到討厭的事情也會直說，覺得很好也會明確的表示讚美。

他大力稱讚我們家的客廳和日式甜點，聽起來也不像是恭維。

直接。老實。……栗須老師就是這樣的人。
我不加思索，用粉紅色的螢光筆標示字典上的beautiful。
「愛，妳回來啦？吃飯囉～」
媽媽突如其來的叫喚聲，讓我闔上字典。
我走下樓梯，來到起居室，眼睛直盯著矮桌上的菜餚。
是漢堡排耶！雖然是日式做法，上面放著蘿蔔泥和紫蘇葉，不過真的是漢堡排耶。
「妳說偶爾想吃西式料理，所以我就煮啦！」
換上日式圍裙的媽媽，從廚房端著大碗走過來。
「……對不起。每天妳都煮的很辛苦，我卻一直抱怨。」
「妳這麼認真在說什麼啊？對了，栗須老師人長得帥又是一個好老師耶！媽媽迷上他了。」
好老師這個部分我要打一個問號……。不過他是有點beautiful的老師耶。
「還好橫山的傷勢不嚴重。」

「真的！沒想到那個栗須老師竟然去家庭訪問耶⋯」
星期一的教室裡，已經在談論星期五發生的兩件事。
第一節就是栗須老師的英文課。總覺得跟老師見面有點害羞耶⋯⋯。
「栗須老師有說小愛家怎樣嗎？⋯⋯喂，愛，妳在聽嗎？」
「嗯，有啊。跟平常差不多吧！」
我隨便敷衍一下，目光不經意的轉向窗戶，發現一個沒看過的妹妹頭背影。
咦？那是真由子的座位吧？她把頭髮剪短了！
我馬上衝到真由子的座位，繞到前面看她的臉。
「真由子好可愛！好適合妳哦！」
「真的嗎？謝謝。天氣越來越暖了，我想換個造型。」
害羞的真由子摸摸剪短的瀏海，這時身穿深藍色襯衫的栗須老師走進教室。
老師看到真由子先是驚訝的站在原地，接著馬上露出笑容。
「真由子，妳剪頭髮啦！好像日本娃娃，超棒的！So cute!（非常可愛！）」
真由子在大家的面前聽到栗須老師的讚美，她害羞的低下頭。
真的。真由子非常可愛。

能讓栗須老師讚美，我好羨慕哦。
我也去剪頭髮吧？
……咦？為什麼我會興起這種念頭呢？

栗須老師的特別講座②

OK！這個部分大家來認識一般動詞吧。
第2章的☆部分，老師，請再多講一點！

I eat bagels every morning.
我每天早上都吃貝果。
（34 頁）

like（喜歡）、study（學習）、have（擁有）等等，非 be 動詞的動詞，稱為一般動詞。一般動詞有很多種。主詞是 I 或 you 或複數時，應使用一般動詞原本的形態哦。

- I like books.（我喜歡書）
- You study English hard.（你認真學習英文）
- We have a dog.（我們養了一隻狗）

基本上一個句子會有一個動詞！

She likes coffee.
她喜歡喝咖啡。
（34 頁）

這個句子是 I 的話則用 I like coffee.（我喜歡咖啡）哦。因為主詞是 she（她），所以動詞 like 要加一個 s。除了 I和 you 之外，主詞是單數的句子時，一般動詞一定要加上 s 哦。除了 I 和 you 以外的單數，還有 he（他）或 it（它）。將 I speak Japanese.（我說日文）這個句子的主詞換成 he 的話，就會變成 He speaks Japanese.（他說日文）哦。換成 my teacher（我的老師）或 your school（你的學校），也要加上 s 哦。

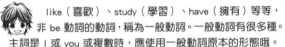

You have a beautiful family.
你的家人很棒耶。

（48 頁）

這一句的主詞是 you，所以動詞用 have。大家知道將主詞換成 she 之後，have 要怎麼變化嗎？剛才說過用 she 當主詞時，要在動詞原型後面加 s，不過 have 卻不是 haves，而是用 has 這個特殊的變化哦。

・She has a beautiful family.（她的家庭真美滿）

其他還有幾種例外，一種是加 es 的變化。例如 watch（看）或 go（去）。

・He watches TV every day.（他每天看電視）

・She goes to school by bus.（她搭公車上學）

還有將原型最後的 y 變成 ies 的變化模式哦。像是 study（學習）就屬此類。

・My mother studies French.（我媽媽在學法文）

要在動詞原型加 s，還是用其他變化，都取決於動詞哦。

Check!
老師的小測驗

3

分別變化下列的（ ）中的動詞，完成正確的句子吧。

Q.1 He（like）bagles.
「他喜歡貝果。」

Q.2 She（watch）TV every night.
「她每天晚上都看電視。」

Q.3 My friend（have）two dogs.
「我朋友養了兩隻狗。」

答案 Q.1……likes ／ Q.2……watches ／ Q.3……has

小愛的用英文談戀愛

I like your hair.
「你的髮型真不錯。」

讚美對方的時候

栗須老師誇讚真由子的新髮型，她應該很高興吧。想要像老師一樣讚美對方的髮型時，可以用這幾種說法哦。

♡ I like your hair.（你的髮型真不錯）

♡ That's so cool!（好酷哦！）

加上這句話，對方應該可以感受到你的心意。

當對方穿著藍色的襯衫，想要讚美時，可以說。

♡ You look good in blue.（藍色很適合你）

還有例如喜歡的人在運動比賽中表現出色時，可以用這句話讚美他。

♡ You were great!（好厲害哦！）

這句話可以在各種情況下讚美對方，非常好用哦。

當他在某個比賽中贏得優勝時，

♡ You made it!（你辦到了！）

不妨說這句話，一起幫他慶祝吧！

【第3章】

Never let me go.

（別離開我）

每年黃金週，我們都會去東北的伯父家。

不過我今年第一次參加三天兩夜的英文研習營！

一開始媽媽說「伯父盼著見妳。」所以非常反對。不過我說「在日本就只有研習營才能會聽到英文母語人士說的英文！對考試也很有用！」，總算是說服媽媽，她心不甘情不願的點了頭，結果還默默的幫我付了研習營的費用。

參加研習營的時候，我和五個國高中生、外籍老師一起生活，從早到晚都說英文。

第一天大概只能說出想表達的一半，也聽不太懂老師說的話，好想回家。

不過既然是我自己說要去的，怎麼可以輕易放棄。

努力一段時間之後，我總算不再緊張了，開始覺得用英文交談很有趣。

第二天晚上還做了英文的夢，最後一天則是英文的反應比日文快了。

自己也明顯感到程度提昇了。

下次栗須老師聽到我的英文會怎麼想呢？會不會誇我呢？

從研習營回家之後，我順路到橫濱的橫濱港未來去逛新衣服。

連假最後一天，橫濱港未來擠滿人潮，有許多約會的情侶。

他們手牽著手散步，一起挑衣服，共享一球冰淇淋……。

真好～好羨慕哦。總有一天，我也可以和某個人這麼做嗎？

黃金週結束一週後，這是某個午休時的事。

接下來第五節是體育課。我們換上體育服裝，一邊聊天。

「問妳哦，今天體育課要上什麼啊？」

「去體育館打籃球吧？」

正在綁頭髮的由美說道。

「妳們知道嗎？栗須老師的籃球超厲害的耶！」

「真的嗎？」

「聽說他午休都會在體育館跟男生一起打籃球哦！」

「什麼嘛？好像小孩哦。」

「操場如果有男生在踢足球的話，他也會參加耶！聽足球社的鈴木同學說，栗須老師的足球也很強哦。」

我怎麼不知道！沒想到栗須老師的運動這麼厲害。

人長得帥，頭腦又好，運動也很強。……怪不得會變成『自我中心型』的人。
「現在應該還在體育館打籃球吧？我們快點去看吧！」
「我想看，我想看！小愛，走吧！」
真由子拉著我。我確實很想看……。
一走近體育館，就聽見籃球跳動的聲音，還有球鞋在地板摩擦的聲音。
「Hey, come on!（大家上吧！）」
是栗須老師的聲音！他真的在打籃球耶！
走到裡面，看到一群穿制服的男孩中，身材特別高大的栗須老師。
老師把白襯衫的袖子挽幾來，迅速的運球衝破對方隊伍的防守牆。
沒有人跟得上他的速度。
我摒氣凝神的觀看比賽。
老師投出的籃球用力晃動了網子。
下一個瞬間，除了女孩們的尖叫，兩個隊伍都同時大叫。
栗須老師露出滿臉微笑，輪流和隊友們擊掌。
我第一次看到栗須老師這樣的笑容……！

「小愛，栗須老師好帥哦！」

「嗯。對啊……」

栗須老師之所以大受歡迎，還有另一個原因。

他很擅於發現對方的優點。

以前也曾經說過幫忙家裡工作的成田同學「很有毅力」。

他很仔細的觀察班上不太起眼的學生，

「美里的一絲不苟，是我們班的財產哦！我們班有了美里，教室裡的每一個小地方都很乾淨。」

「博幸的記憶力很強。像上次小考是什麼時候？上星期三是幾日？每次我問的時候都是第一個回答的人。幫了我不少忙。」

像這樣，他總是很自然的說出大家的優點，而且當著大家的面讚美。

最近每到休息時間，似乎有越來越多人提到栗須老師了。

「跟妳們說哦，聽說栗須老師有粉絲俱樂部了耶！」

「真的嗎？我們也去加入吧！」

三個星期後的京都、奈良畢業旅行，為了在搭乘新幹線的時候坐在老師旁邊的座位，聽說粉絲俱樂部內還為此發生紛爭。

剛開始大家都說老師「個性差」或是「自我中心」，明明很討厭他的……。

午休快要結束的時候。

教室裡大家聊著昨天的搞笑節目，我們捧腹大笑。

亞里紗激動的跑過來，破壞了中午悠閒的氣氛。

「不好了！栗須老師在操場受傷了！」

「真的嗎!?」

在大家的注目下，亞里紗氣喘吁吁的說明。

「剛才大家在收足球的球門柱，柱子倒了下來，差點壓到一個男生！聽說栗須老師為了保護他，結果自己被壓到了！」

被球門柱壓到？不會吧!?

教室一下子就吵吵嚷嚷，救護車的警笛聲像是要消除大家的吵鬧聲似的，越來越接近。
需要叫救護車……栗須老師應該不會死掉吧？
「愛，妳要去哪裡？要上課了耶！」
我衝出教室，一口氣跑下樓梯。我好擔心老師，根本沒有餘力思考其他的事情。
救護車就停在教職員辦公室的門口，老師和學生擠在周圍形成一道人牆。
當白色擔架被抬到救護車上的時候，我瞄到栗須老師的一頭亂髮。
我還穿著拖鞋的雙腳不停的顫抖。

第二天的班會，大家得知栗須老師的手臂骨折，必須住院兩週的消息。
一定很痛吧？都被鐵製的球門柱壓到了。
栗須老師為什麼要保護學生呢？
害自己骨折，還要住院，真是個傻瓜。
老師住院的期間，由其他班級的英文老師宮島繪美里老師幫我們上課。
繪美里老師長得很像混血兒，是個五官深邃的美女，學生們一直都很喜歡她。

聽說老師讀大學的時候還曾經獲選為〇〇大學小姐。

繪美里老師穿著碎花洋裝，套著粉紅色針織衫，好像女主播哦。

「今天從課本30頁開始。先朗讀例句吧。我帶著大家唸。Repeat after me.（請大家跟著我唸。）」

繪美里老師以流暢的英文朗讀。

聽說老師讀大學時曾經到英國留學，她的英文真的很好聽。

「繪美里老師超漂亮的耶。我好想多上幾堂她的課。」

望著繪美里老師走出教室的背影，鈴木同學一邊嘆氣一邊說道。

她的課真的很容易懂，英文發音和板書都很漂亮。

可是我總覺得少了些什麼。和栗須老師的課有什麼不同呢……。

「栗須乾脆別回來了，一直讓繪美里老師上不是很好嗎？」

我狠狠瞪了鈴木同學一眼。

英文課快要結束時，老師將上次小考的結果發還給大家。

明明準備得很充分，結果十題裡有一題答錯了。

「請大家好好復習答錯的部分哦！」

為什麼會是這個答案呢？我的回答應該也可以用吧？

我實在想不通，於是決定放學後再去問繪美里老師。

從教職員辦公室的入口往裡瞧，看到繪美里老師正在用筆記型電腦。

有什麼好事嗎？她露出微笑的表情。

「繪美里老師。」

「唉！我嚇了一跳。妳是羽生同學吧？有什麼事嗎？」

「今天拿到的考卷，我有一些不懂的地方……」

「我看看。」

繪美里老師看著我的考卷，用簡單易懂的方式說明。

她不但英文講得很好，也很會教書，繪美里老師真的好厲害哦。

「羽生同學喜歡英文嗎？」

「對。我希望可以說得跟繪美里老師一樣好。」

「妳一定可以的。只要從現在開始好好用功，一定可以達到這樣的水準哦！」

真的嗎？我心裡想著，不經意的瞄了老師筆記型電腦的畫面。

「好～厲害哦，全都是英文！」

「啊、這個啊？剛才栗須老師寫mail給我。我正打算回信呢。」

栗須老師寫mail給繪美里老師……。

「有真是的，他好像很擔心上課和二班的同學。因為放不下心，每天都寫mail來耶。所以我要寫信跟他說。『Don't worry.（別擔心！）』」

剛才繪美里老師叫他「有」吧……？

我已經不太記得後來自己是怎麼從教職員辦公室離開的了。

最後，期待已久的畢業旅行，就在栗須老師無法參加的情況下到來。

第一次跟大家一起搭乘新幹線，金閣寺和奈良公園，這三天的一切都好開心。

但只要一想到栗須老師本來也會參加，我的心裡就像是開了一個大洞。

就寢之前，我突然想起栗須老師的臉，於是跟睡在隔壁的真由子聊天。

「這是栗須老師當教師之後第一次的畢業旅行，結果竟然住院了。」

「好可憐哦～」

「他現在在幹嘛呢？啊，在睡覺吧？醫院的熄燈時間很早呢。」

真由子沈默了一陣子後說道。
「……總覺得小愛最近老是在講栗須老師的事情呢。」
「咦，哪有!?沒那回事啦。晚安！」
我背對真由子，鑽進被窩。
我才沒有注意他呢。因為他可是壞心眼又自我中心的栗須老師耶……。

畢業旅行結束之後，雖然又過了星期六日，教室還是沈浸在旅行的餘韻當中。
像是橫山同學為了買果汁，差點趕不上新幹線。
跟導遊小姐合唱的井上老師，他的歌藝其實很棒。
有好多好多歡樂的回憶。
笑聲方歇時，聽到稍遠處的女同學們提到「栗須老師」這個字眼。
我忍不住豎起耳朵。
「聽說粉絲俱樂部的女生們星期六要去醫院探病耶。」
「老師還好嗎？」

「雖然打了石膏，好像還是很有精神耶。他竟然還說『我很討厭鹿，本來就不想去奈良公園。』」

「逞什麼強啊，真有栗須老師的風格。」

太好了。老師很好。

都能逞強了，應該好多了吧。

我要不要去探病呢？

……不可能。一看到栗須老師的那張臉，我一定又會出言不遜吧。

回家之後，媽媽正在喝自己親手沖泡的茶。

「回來啦。愛要不要來一杯茶？」

「好，謝謝。」

我把書包放在房裡，洗完手之後回來。

「來吃愛從京都買回來的八橋吧。保存期限到什麼時候啊？」

媽媽將八橋的外盒翻到背面，睜大眼睛說道。

「只剩五天耶。怎麼辦？還有一盒，吃得完嗎？」
媽媽一邊說一邊細心的拆開外包裝，她的手突然停了下來。
「對了，聽說栗須老師住院了？要不要送一盒去給他？」
「咦？」
「保存期限快到了，妳明天放學之後就帶去醫院吧。跟真由子一起去。」
「不用去探病啦。而且老師應該不吃八橋吧？」
「可是上次家庭訪問的時候，他覺得練切很好吃啊。而且妳平常總是受到老師的照顧，應該去探病吧？」
「話這麼說也沒錯啦……」
應該很難再推辭了吧。
決定去探病之後，媽媽突然興奮起來。
「探病的時候應該要帶點什麼過去。送鮮花好了。我給妳錢，路上順便去花店吧。要記得跟店員說：『我要去探病，所以不要放百合花』哦。」
「為什麼不能放百合花？」
「香氣濃郁的花朵不適合拿到醫院。花會整朵掉下來的山茶花也會給人不吉利的印象，也不可以用。盆栽會讓人聯想到『生根』、『久住』，所以探病的時候也不可以帶哦。」
原來如此。不過日式點心和花束怎麼感覺有點像歐巴桑啊……。
栗須老師搞不好會說「這什麼，好老派！」耶。
對了！老師在醫院一直躺著，帶ＣＤ如何呢？
嗯，帶ＣＤ去探病，好成熟哦，感覺也很帥氣！
從唱片裡選中自己喜歡的曲子，交給老師的時候說句「有空請聽聽看」吧。
第二天放學後，我回到家裡，再帶著裝八橋和ＣＤ的紙袋出門。
雖然媽媽叫我和真由子一起去，不過我沒對真由子提起這件事。
如果我邀她「一起去探望栗須老師吧。」她可能又會說些有的沒有的。
聽說老師在車站前的綜合醫院。
到醫院前的花店一瞧，店裡擺滿了五彩繽紛的花朵。
「妳要探病嗎？要找什麼樣的花呢？」
親切的店員大姊姊，發現我一直無法決定，於是開口招呼我。
「呃，我要探病用的，請幫我包一束沒有百合的花束。」
「我知道了。對方是什麼樣的人呢？是女性嗎？」

「呃…是22歲的男生，很帥又很高……」
我拼命回想栗須老師的特徵，發現大姊姊露出微笑。
「他一定是很棒的男性。」
我連耳根都紅了。
花店幫我製作了一束以白色為主，點綴著藍色、適合男性的花束。
好帥氣，我覺得非常滿意！
一想到「自己買了要送給男性的花束。」就覺得有點害羞。
希望不要遇到別人，我進入醫院，走到一樓的綜合服務台。
「請、請問一下！住在整形外科病房的栗須有先生，他的病房是哪一間呢？」
我叫了栗須老師的名字，還加了『先生』耶！
「栗須先生嗎？他在515號房。」
相較於我的慌亂，服務台的女性淡淡的回答。
我搭電梯到達五樓，依照「整形外科 病房」的指示右轉。
好久沒見到老師了，還是單獨見面，一想到這一點，每走一步我的心就跳得越快。
到了！「515號房 栗須有先生」。

病房的門是打開的。呃，進去的時候該說什麼呢？
當我猶豫不決的時候，清潔的大嬸正好路過，她對我說。
「妳也是學生？好多人來探病哦。他真是個受歡迎的老師啊！」
我有點不知所措，望著大嬸親切的笑容。
這時，病房裡傳來栗須老師的大笑聲。有別人來探病嗎？
我偷偷往裡面看，看到栗須老師打了白色的石膏，躺在床上。
我有一點開心，正打算走進病房。
咦？那頭飄逸的秀髮，還有粉紅色的針織衫……。
「Thanks, Emiri.（謝謝妳，繪美里。）」
果然是繪美里老師！
「Never let me go…」
繪美里老師接下來的話，淹沒在外面的電車聲響當中，我只聽到一半。
「Never let me go…」是……？我好像聽到不該聽的話了……。
我呆呆站在病房入口，動彈不得，這時栗須老師看到我了。
「愛！妳來看我啦？」

他大聲叫著，繪美里老師也轉過頭來看我。

「羽生同學！進來吧。」

「Come over here!（到這裡來！）繪美里老師送我果凍哦。」

我才不想吃什麼果凍呢。

我走進病房，硬是將手上的紙袋和花束推給老師。

「請收下！」

我只說了這句話，就背對楞住的兩個人，衝出病房了。

「Hey, Ai! Wait a minute!（愛！等一下！）」

我想要快點離開病房。

就連等電梯的時間都覺得好漫長，我走樓梯，一口氣衝到一樓。

栗須老師和繪美里老師都用英文聊天，而且交情很好的樣子。

感覺就像「成年人的兩人世界」，不容我闖入。

我的擔心真是白費了。我再也不要管栗須老師了！

雖然我有點害怕，不過我還是查了「Never let me go.」的意思。

──『別離開我』。

想到這是繪美里老師對栗須老師說的話，我的眼淚就一直湧出來。

沒想到我竟然這麼喜歡栗須老師……。

栗須老師的特別講座③

OK！這個部分
大家來認識
命令形吧。
第3章的
★部分，
老師，請再多
講一點！

Repeat after me.
請大家跟著我重複一遍。
（62 頁）

通常英文句子最前面會是 I 等等主詞。不過這個句子卻是用動詞 repeat（重覆）開頭，是沒有主詞的句子耶。這樣的句子稱為「命令句」。

在命令句的開頭或結尾加上 please（請），可以緩和命令的口氣。

- Please listen to me.
- Listen to me, please.

兩者都是「請聽我說」哦。

Don't worry.
別擔心。
（64 頁）

想要說「不可以～」或是「別～」的時候，只要在句子最前面加上 don't 就行了。想要客氣一點，只要加上 please 即可。

- Please don't wake me up.
- Don't wake me up, please.

兩者都是「請不要吵醒我」。對了，在句子最後加上 please 時，請在前面加上「,（逗點）」哦。

Never let me go.
絕對別離開我。
（71 頁）

這也是表示禁止的命令句之一。用 never 取代 don't。never 的意思是「絕對不要～」。在命令句最前面加上 never 時，「～不可以」的程度比 don't 更強。

・Never say such a thing again.（不准再說那種話了）

或是在動詞原型前面加上 let's，即可完成「一起做～」、「去～吧」的勸誘句子。

・Let's sing together.（一起唱歌吧）

・Let's go to the library after school.（放學後去圖書館吧）

順便說明一下，使用 be 動詞的命令句吧。am 或 is 等 be 動詞的原型就是 be。將 be 放在句頭，即可完成命令句。否定命令句則要在前面加上 don't。

・Be a good boy, Sam.（Sam，當個乖孩子）

・Don't be shy.（不要害羞）

・Be quiet, please.（安靜一點）

別忘了句子最後的 please 前面要加上「,（逗點）」哦。

Check! 老師的小測驗

/3

分別將下列句子改成符合中文的命令句吧。

Q.1 You play the piano.
「彈鋼琴吧。」

Q.2 You sleep well.
「好好睡吧。」

Q.3 You are a good student.
「當個好學生吧。」

答案 Q.1……Play the piano. ／ Q.2……Sleep well. ／ Q.3……Be a good student.

小愛的  用英文談戀愛

I'm sorry.
「對不起。」

吵架了之後

唉，好尷尬哦。下次見到栗須老師的時候，我該用什麼表情呢？……這次來聊聊和喜歡的人吵架時的表現吧。首先是坦白道歉的基本說法。

♡ I'm sorry.（對不起）

只用Sorry.也有「對不起」的意思哦。其他還有

♡ I want to make up with you.（我想跟你和好）

這是自己先低頭時，可以使用的表現。

如果覺得原因是出於溝通不良，兩個人總是錯過機會的話，不妨乾脆一點說。

♡ We need to talk.（我們必須談談）

雖然有時候我們會認為「不用說對方也能了解」，不過溝通的基礎還是對話吧！如果聊得結果還不錯的話，

♡ Are we friends agiain?（我們和好了吧？）

不妨說這句話確認吧。吵架還是尷尬之後的和好，應該可以拉近彼此的距離！

【第4章】

Thanks a lot.

（感謝）

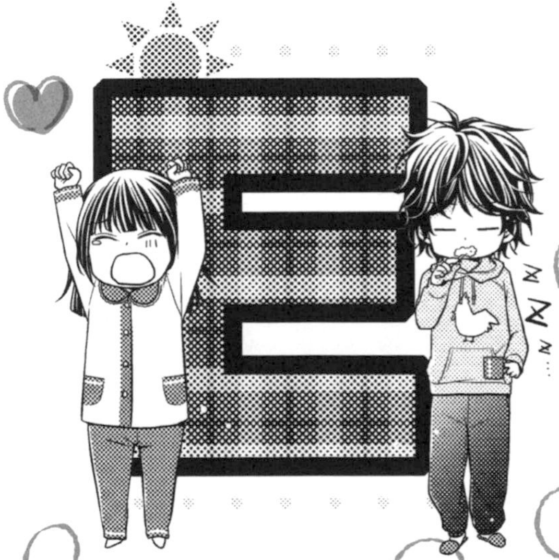

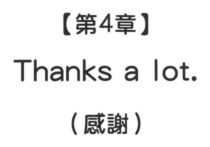

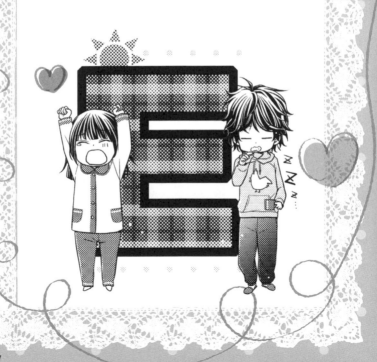

六月一日。從今天開始換穿夏季制服。
從厚重的西裝外套換成白色短袖襯衫和灰色背心。
換成夏季服裝之後，感覺比較輕盈，校園裡也比較明亮了，所以我喜歡夏季制服。
不過今年就不同了。自從那一天以來，我的心情一直很低落。
從栗須老師的病房衝出來的那一天起。
用英文交談的栗須老師和繪美里老師，他們的交情看起來非常好，讓我看了很難過。
只要想起兩個人發現我的瞬間，我的內心深處就感到一陣痛楚。
沒辦法專心上課，也無法參加田徑隊的練習。
沒想到我竟然是在這樣的狀況下，察覺自己喜歡栗須老師的心情。
去教職員辦公室問問題的時候，繪美里老師也說每天跟栗須老師用mail聯絡。
還直呼栗須老師的名字「有」。
繪美里老師甚至對栗須老師說「Never let me go.（別離開我。）」
他們兩個人果然在交往吧……？
唉…，第一節課又是英文了啊……。
我突然覺英文課多得有點可恨。

從那一天起我就沒跟繪美里老師說過話。
一想到老師是栗須老師的女朋友，不管是看到她或是聽到她的聲音都覺得好難過。
把課本和筆記本放在桌上，我用手撐著臉頰，呆呆望著黑板。
前陣子栗須老師還站在那裡，我還覺得那是再正常不過的事了……。
鐘聲響起。
繪美里老師要來了。正當我這麼想的時候。
「Hi! Long time no see. I'm back!（嗨！好久不見。我回來啦！）」
這個英文，還有這個笑容……。
「栗須老師！」
「你已經康復了嗎？」
教室裡響起一片歡呼聲。他終於出院了！
栗須老師秀出他纏滿繃帶，看起來像白骨似的左手臂。
看起來好痛哦，我再度回憶起老師被救護車載走時，我那股不安的心情。
「當然沒問題啦！現在還沒拆石膏，所以還沒辦法打籃球，足球應該可以啦！」
老師根本學不乖耶。不過他還是很有活力。太好了……。

「啊，對了，日文的石膏『gips』是來自荷蘭文哦。英文叫做『cast』。」

……對了，就是這種感覺！

我一直覺得繪美里老師的課跟栗須老師不太一樣，就是這種感覺。

栗須老師總是像這樣，帶我們見識英語的新世界。

之前的沮喪彷彿一場夢，我的心情一下子豁然開朗。

鈴木同學突然站了起來。他想說什麼呢？

「咳，Ladies & gentleman！為了慶祝栗須老師出院，請大家熱烈鼓掌！」

做這種事栗須老師會感動嗎？

「謝謝，不過我要先說一件事。」

老師微微一笑，用沒上石膏的右手拿粉筆，走向黑板。

——『Ladies and gentlemen』。

「lady的複數形用『ladies』，這是正確的，不過『gentleman』的複數形要用『gentlemen』哦！俊弘，我不在的時候，你沒有用功唸書吧！」

老師還是老樣子。自我中心的栗須老師復活了！

現在是一年之中白天最長的時期。社團活動結束之後，西方的天空依然明亮。

回到教室之後，我的心情也稍微開朗一點了。

這陣子一直都不太開心，今天好不容易才達成自己久違的最佳成績。

「Hey, Ai!（喂，愛！）」

經過教職員辦公室的時候，背後有人叫住我。

睽違已久的粗魯叫法，聽得我好開心。

我慢慢轉過身，不要讓他察覺我的心情，以平淡的口氣回答。

「啊，老師。恭喜你出院了。」

「沒什麼好恭喜的啊。在醫院可以睡一整天，輕鬆多啦！」

「……你真的是為人師表嗎？」

「哈哈哈！」

跟住院之前一樣，還是開朗的大笑聲。

「對了，前陣子讓妳擔心了，還跑去醫院看我吧？」

「我才沒擔心呢。只是想說老師可能很無聊，才會去一趟。」

唉，為什麼我要用這種說法呢？

「而且八橋快要過期了。我想讓沒辦法參加畢業旅行的老師感受一點京都的氣氛。」

才不是呢。我明明絞盡腦汁想過栗須老師回來時要對他說的賀詞……。

「妳還是老樣子啊。不過我真的很高興耶。八橋很好吃。花束也很漂亮。果然是每天早上都插花的人啊。」

老師真的很會誇獎別人耶。有一瞬間，我覺得好開心哦。

不過我又想起病房裡的繪美里老師。

老師有沒有跟繪美里老師一起分享八橋？繪美里老師幫他把花插起來了嗎？

乾脆問老師『是不是正在和繪美里老師交往好了？』，這樣我心情應該會比較輕鬆吧……？

「怎麼了？」

看我突然不出聲，栗須老師笑著盯著我的臉。

老師的臉突然靠過來，我害羞得連忙把臉轉到一旁。

「沒什麼！」

「啊，對了。賈斯汀的ＣＤ，我聽了很多次哦。☆ Thanks a lot.（感謝。）」

老師聽了那片ＣＤ！

「雖然以前沒聽過，不過還蠻好聽的。妳喜歡哪一首歌？我最喜歡『U Smile』了」

「真的嗎!?我也是！」

「是一首好曲子。旋律也不錯，還有『只要你微笑，我也為你高興』這句歌詞也很棒。」

——「只要你微笑，我也為你高興。」

雖然我知道歌詞，在這種情況下，老師說起來卻讓我感到有點悲傷……。

「所以啊……」

栗須老師突然開始翻找夾在腋下的檔案夾。

「Here's something for you.（這禮物給妳。）」

栗須老師拿出來的是約手掌大小的粉紅色娃娃。

娃娃的姿勢很像在吹直笛。這是人嗎？還是動物？

不知道該說是可愛，還是有點噁心……。

啊，頭上有一條繩子。可以當鑰匙圈。

「這個叫做『Kokopelli』。是美國原住民的小精靈，據說可以實現心願。來，手伸出來！」

我不加思索的伸出手，老師把它放在我的手上。

「啊、謝謝！」

「My pleasure! See you!（我才是！再見啦！）」

栗須老師揚起手轉身離開，快步走向教職員辦公室的方向。

留下手上拿著Kokopelli的我。

一回到家，我馬上把『U Smile』那張CD放進音響裡。

聽著賈斯汀富穿透力的歌聲，盯著手上捧的Kokopelli。

這種說不上來的可愛，很像不知道是溫柔還是壞心眼的栗須老師。

這是栗須老師送我的第一個禮物。

老師在挑選的時候，是不是想著我的事呢？

他總不可能送每個去探病的學生禮物吧？

老師說Kokopelli是實現願望的精靈。
我的心願就是早點離開這個家，出國留學。
不過現在卻一直想著老師的笑容。
『U Smile』的「U」是同音字「you」的縮寫。
栗須老師的名字也是「Yu（有）」。
You smile, I smile.
只要你微笑，我也為你高興。只要老師微笑，我也會露出微笑……。
不過栗須老師跟完美的繪美里老師可能正在交往。
雖然把Kokopelli掛在書包上，不過我還沒許下心願。
喜歡上別人，真的好辛苦哦……。
第二天放學後。因為我是值日生，所以要將日誌送到教職員辦公室。
將日誌交給井上老師之後，我在教職員辦公室裡面張望，想找一下栗須老師，不過他不在。
我失望的走向出口，半路經過繪美里老師的座位。

老師可能已經回家了吧，筆記型電腦已經闔上，桌面整理的很乾淨。

之前我還來這裡問老師問題。

當時我很崇拜繪美里老師，還純真的認為將來要跟她一樣。

但就在看到筆記型電腦的畫面之後，在我的心底，繪美里老師的印象就已經改變了。

這時我的眼角瞄到粉紅色的東西。

我有點畏縮的靠近一看，放在筆筒旁邊的Kokopelli，跟掛在我書包上的一模一樣。

……怎麼可能只有我有呢？他當然也有給『女朋友』繪美里老師啊。

我還自己高興的想著「老師在挑選的時候可能想著我的事吧！」真是個傻瓜！

我匆匆忙忙走出教職員辦公室，衝進廁所裡把自己鎖起來。

關上門的那一刻，我的淚水泉湧而出。

我用手遮住嘴巴，悄聲哭泣。

栗須老師果然是個壞心眼的人。讓我開心，讓我期待，然後再傷害我。

就算是這樣，我還是好喜歡老師哦……。

回到教室之後，我把書包上的Kokopelli拿下來，收在內袋裡面。

我不想讓繪美里老師知道我也有一樣的東西。

我躲在被窩裡哭泣，想了一陣子後做出結論。

『不要再喜歡栗須老師了。』

反正沒有人知道我喜歡老師的事情，只要我在心裡劃上句點，這樣一來就結束了。

不過栗須老師本人卻輕易瓦解了我的決心。

午休的時候，我在走廊上漫無目的走著，突然有人從後面敲了我的頭。

「哇！」

我不禁大叫，回頭之後看到栗須老師拿著捲起來的雜誌，噗哧一笑。

「妳的反應也太誇張了吧！」

「對不起……」

不知道為什麼，我竟然馬上道歉。

「咦？不是『你幹嘛？』還是『別這樣！』嗎？愛都不回嘴好無趣哦～」

栗須老師把我當什麼了啊……？

都是老師這麼壞心眼，我才會這麼難過啦。
「都忘了正事了！愛，放學後到英文準備室來一趟哦。」
「……？」
「一定要來哦！」

要幹嘛呢？英文準備室有什麼嗎？
我覺得到放學之前的這段時間好漫長，下午根本沒辦法專心上課。
回家之前的班會結束之後，我立刻衝到廁所的鏡子前。
我把頭髮梳得很服貼，重新綁好馬尾。
怎麼樣呢？看起來可愛嗎？
「小愛，妳好認真哦。」
「哇，真由子！我頭髮好毛燥，只是稍微整理一下啦！」
「這樣啊。」
因為栗須老師找我，所以我先照一下鏡子再去，這種事我對真由子可說不出口。

「啊，今天我媽叫我早點回家！先走囉！」
在真由子問更多問題之前，我慌忙離開廁所。
現在還有點早吧？不過我靜不下來，正走向英文準備室。
我抱著書包，壓抑緊張的心情，從走廊的窗戶偷偷看一下裡面。
咦？沒人啊……。他該不會是在騙我吧？
「這麼早來！」
那個瞬間，有人從後面扯住我剛才重新綁好的馬尾。
「好痛！」
回頭看栗須老師，他的笑容還是一樣的壞心眼，一樣的帥氣。
所以我一下子腦筋一片空白，沒能回嘴。
「Come on in.（進來吧。）」
老師先走進準備室，拿起椅子上的黑色包包。
「給妳看一樣東西。鏘鏘！」
老師還做效果音，從包包裡拿出一本封面全是英文的雜誌。
是外國的雜誌嗎？咦，這個封面是……。

「賈斯汀畢柏!!」

「Yes!（沒錯！）」

栗須老師滿意的說道。

「昨天在美國的爸媽寄了一箱東西給我，還放了這本雜誌。我住院的時候小愛不是送我賈斯汀畢柏的CD嗎？所以看到這本的封面時，我馬上就想到『送給小愛吧！』」

我接過雜誌的手微微的顫抖著。

「我看妳最近好像沒什麼精神。所以我想把這本送妳，妳一定會很開心！」

真不敢相信……。栗須老師真的有在想著我的事情耶！

我太高興了，連一句話也說不出來。

「咦？妳怎麼沒有掛我送妳的Kokopelli？」

他一針見血的指出來，讓我嚇了一跳。老師看著我的書包。

「啊，我放在裡面啦……」

我把Kokopelli從書包的內袋裡拿出來，讓老師看了一下。

「一定要掛起來哦。我想這個小東西可以實現妳的心願哦！」

我也很想掛啊。不過我不想跟繪美里老師掛一樣的東西……。

「我昨天在教職員辦公室，看到繪美里老師桌上也有一樣的東西…」
老師露出驚訝的表情，一直盯著我。
「嗯。之前我住院的時候，拜託她幫我帶電影DVD，所以才會送一個給她當謝禮。」
只是謝禮？真的嗎？
不過我好想知道栗須老師看了什麼電影哦……。
「是哪一部片呢？」
「『Never Let Me Go』，是一部英國片。妳聽過嗎？」
『Never Let Me Go』！
繪美里老師在病房裡說的原來是電影的名稱啊。
不是繪美里老師自己說的話！
可是就算那是電影名稱，也不表示兩個人沒有交往吧……。
「在日本的片名是『別離開我』。對小孩來說還太早了吧！」
老師根本不知道我的心情，哈哈大笑。
「反正我不是像繪美里老師這樣的成年人嘛！」
「You're right!（沒錯！）」

不用說這麼麼明白吧……。我再次陷入沮喪當中。

「繪美里老師真的很棒耶。人長得漂亮，個性又溫柔，英文又講得很流利……」

「也對啦。還有一個長得像克里斯提亞諾．羅納度的外國男友。」

「克、克里斯？」

「不是克里斯，是克里斯提亞諾！啊，妳沒在看足球吧？他是一個超帥的選手。」

繪美里老師有男朋友啦。她沒有和栗須老師交往……！

「Oops!（糟了！）」

栗須老師突然神色大變。

「男朋友的事一定要保密哦！被她發現我告訴學生的話，她一定會很生氣啦！」

「該怎麼辦呢？只給我一本雜誌，我能守住秘密嗎？」

得知繪美里老師的事情是一場誤會後，我突然充滿活力。

栗須老師看到我的模樣，笑著戳戳我的頭。

「Don't get cute with me!」

咦？……「cute」是「可愛」的意思嗎？

真由子剪頭髮的時候，老師也這樣說吧？

「……什麼意思？」
「去查字典吧！」

栗須老師說我「可愛」嗎？
回到家裡，我聽老師的話，緊張查了字典。
……「cute」也有「伶俐」、「毫無破綻」的意思。
那麼「Don't get cute with me!」又是什麼意思呢？
我利用網路搜尋……嗚。「別得了便宜又賣乖！」。
害我那麼期待，不過今天跟老師說了好多話，算了吧！
我用粉紅色的螢光筆將字典上的「cute」畫起來，接下來翻開老師送我的雜誌。
特集是賈斯汀畢柏的專訪。
「How many followers do you have around the world?（你的推特有多少來自全世界的追隨者呢？）」
雜誌當然全都是英文。真希望以後不需要查字典就能看懂耶。

從今天開始慢慢翻譯，有什麼不懂的再問栗須老師吧。
這下就有見面的藉口了！
對了，『Never Let Me Go』是電影的片名耶。
以後我也好想說這句話哦。
對誰說呢？栗須老師嗎？

Ladies and gentlemen.
各位女士與先生。
（80 頁）

名詞又分為 book（書本）這類可數的事物，以及 water（水）這類不可數的事物。可數名詞在英文中有複數形的變化。ladies 是 lady 的複數形，gentlemen 則是 gentleman 的複數形哦。

對了，Ladies and gentlemen! 通常會翻譯成「各位先生、女士！」，英語圈的基本是 lady first，所以 ladies 要擺在前面哦。

Thanks a lot.
感謝。
（83 頁）

這個句子裡的 thank 是表示「感謝」的可數名詞哦。只用Thanks.也可以表示「謝謝」。後面加的 a lot 只要當成強調的用法就行了。

名詞的複數形很像在一般動詞後面加 s 的方法。似如 tree（樹）→trees，加上 s 是最常見的情況。還有 box（盒子）→boxes 這種加上 es 的情況，也有 country（國家）→countries，將句尾的 y 變成 ies 的情況。其他也有 man（男性）→men 或是 child（兒童）→children，這類不規則的變化。

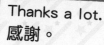

How many followers do you have around the world?
你的推特有多少來自全世界的追隨者呢？（95 頁）

How many～？是問數量的表現哦。這是用於 followers（追隨者、粉絲）這類複數形，也就是可數名詞的說法。詢問數量時，也要回答數量。例如：

・How many cats do you have?（你養了幾隻貓？）

・I have three.（三隻）要用這種回答。

詢問不可數的事物時，不用 How many～？，而是使用 How much～？。

・How much money do you have?（你有多少錢？），則回答

・About seven thousand yen.（大概 7 千日元）。

water（水）或 snow（雪）等等，沒有固定形狀的事物，或是 Tokyo（東京）等等地名，都是不可數名詞哦。要分辨可數名詞還是不可數名詞，只要查字典就行了。可數名詞會在字典上會標示成 [C]，不可數名詞則標示為 [U]。大家多查查字典吧。

Check! 老師的小測驗

/3

Q.1 下列何者為tree的複數形？

① trees　② treees　③ tres

Q.2 下列何者為child的複數形？

① childs　② childes　③ children

Q.3 下列何者為box的複數形？

① boxs　② boxes　③ boxies

答案 Q.1……①／Q.2……③／Q.3……②

小愛的用英文談戀愛

Thanks.
「謝謝。」

表達謝意時

栗須老師送我禮物，真的好開心哦♪

道謝的時候，Thank you. 和 Thanks. 是最基本的「謝謝」。Thanks a lot. 的用法也差不多哦。Thank you very much. 用起來好像有點誇張了，朋友之間比較少用哦。想要具體說明禮物的內容時，

- Thanks for the present.（謝謝你的禮物）

這樣也 OK 哦。

當對方為我們做了某件事情，想要表達謝意時，不妨說

- It was a great help.（感謝你的幫忙）

我也好想坦白的說出感謝的心情哦。

別人道謝時，最基本的回答是「不客氣」You're welcome.。

其他還有

- Not at all.（沒什麼）
- Don't mention it.（別介意）

都很好用哦。

【第5章】

I like your name.

（我喜歡你的名字）

「學校已經決定由我們班的羽生家負責寄宿家庭（Homestay）了！」
當井上老師在早上的班會宣布時，我有點不太清楚到底發生什麼事。
對了。之前好像徵過英國短期留學生的接待家庭。
因為是四月的事情了，連我自己都把應徵接待家庭的事情忘得一乾二淨了。
我當時一心想要加強英文能力，等到事實擺在眼前，突然感到很不安。
竟然有英國人要來我們那個只有榻榻米，只吃日式餐點的房子……。
班會結束之後，我還是茫茫然，有人從後面敲了我一記。
「一大早就在發呆啊！」
正如我的猜想，是最近好不容易拆下石膏的栗須老師。
「恭喜妳負責接待家庭！」
「恭喜……。呃，我們家真的可以嗎？」
「什麼可不可以？是我推薦妳家的耶！」
「咦!?」
「那個男生跟妳同年，下個月才會過來，不過下星期有一場說明會，要麻煩妳啦。」
原來留學生事務是由栗須老師負責的！

這樣是不是可以假借留學生的事情為藉口，和老師有更多的接觸呢？
不過現在比較迫切的問題是媽媽她們願不願意照顧留學生呢……？
晚餐的時候，我有點害怕的提出獲選為接待家庭的事情，
「媽媽唸書的時候最怕英文了……」
「來我們家倒是沒什麼問題，為什麼是男生呢？小愛這麼可愛，爸爸會擔心耶！」
沒想到兩個人都很興奮。唉…，我越來越擔心了啦……。

接下來我們一步步的準備寄宿家庭的工作，今天終於到了留學生抵達的日子。
聽說栗須老師會在第一節課時帶他過來，除了我之外，班上的同學都很興奮。
「Hi, everyone!（大家好！）」
緊張與期待的心情越來越高漲，這時栗須老師拉開門走了進來。
後面跟著一名穿著白襯衫的金髮男孩，瞬間在教室捲起興奮的風暴。
「哇，太帥了啦！」
「應該說超漂亮的吧！」

金髮和藍眼睛完全符合「漂亮」這個字眼，簡直就像是外國繪本裡的王子。

那個人要來我家耶。好緊張哦……。

「This is Alexander Hayward. Alex, introduce yourself.（這位是亞歷山大．海沃德。亞歷克斯，請你自我介紹。）」

「Nice to meet you. I'm Alexander Hyaward. I'm from the U.K. Call me Alex.（大家好。我是亞歷山大．海沃德。我來自英國。大家可以叫我亞歷克斯。）」

教室瞬間陷入沈默，接下來又爆出『哇！』的叫聲。

「大家聽清楚了嗎？從今天起的三個星期，亞歷克斯會在愛的家裡Homestay，並且到學校上課。請大家多教教他吧！」

大家同時轉過頭來看我，亞歷克斯也盯著我瞧。

「亞歷克斯懂一點日文。在英國的學校好像上過日文課。」

什麼啊，我鬆了一口氣……。

「OK, Alex. Please sit next to Ai.（亞歷克斯，坐在愛的旁邊。）」

亞歷克斯走到我隔壁的空座位，笑著對我伸出手。

「第一次見面。請多多指教。」

「彼、彼此彼此！」

我忍不住跳起來，用雙手握住亞歷克斯的手。

我聽到大家的笑聲，於是紅著臉望著栗須老師，不出我所料，老師也大聲的笑著。

上完課之後，亞歷克斯跟我一起參加田徑隊的練習。

沒想到亞歷克斯的腳程很快，連我們的短跑小將都追不上他。

不知不覺中，女孩們在田徑部周邊築起一道人牆，她們都是來看金髮的田徑選手。

亞歷克斯只不過笑著揮揮手，尖叫聲就傳遍整座操場。

練習結束後，我換上制服，為了帶亞歷克斯回家，我走到門口。

他坐在行李箱上，一看到我就笑著站起來。

「亞歷克斯，久等了！Let's go home!……啊，說日文就行了吧！」

「OK! 回家吧！」

亞歷克斯拉著行李箱，他的表情彷彿在說一切都很新奇。

不過走在他旁邊的我，一直在想該說什麼才好。

「啊、對了，你跑的好快哦！你在英國有從事什麼運動嗎？」

「Sports? 空手道！」

「真的嗎？我爸爸也有在練空手道耶。他一定會很高興！」

「我很期待愛的家。Because Mr.Kurisu said, you were living in a typical Japanese-style house.（聽栗須老師說是純日式的房子。）」

栗須老師居然聊起我的話題。有點開心耶……。

「那個，好可愛。」

亞歷克斯指著我掛在書包上的Kokopelli說道。

「啊，這個嗎？它叫做Kokopelli。可以實現願望哦！」

「Sounds nice!（不錯耶！）」

「栗須老師送我的。」

「Did he give it to you?（他送給妳的？）」

「Yes.（對。）」

「I guess he wants you to make your dreams come true.（他一定希望你的夢想能夠實現。）」

「還、還好吧？只是一個小禮物啦。It's just a present!」

我覺得很不好意思，有點手足無措，總算避免陷入沈默之中。
「這裡就是我家。我回來了！」
拉開擦得非常乾淨的大門，穿著和服的媽媽從裡面走出來。
「唉呀，歡迎你。耐斯吐咪啾——（Nice to meet you.）」
「亞歷克斯，這是我媽媽。」
「初次見面，我是亞歷克斯。請多多指教。」
亞歷克斯低頭致意，媽媽瞪大了雙眼。
「嚇到了吧？亞歷克斯在英國學過日文哦。他還會空手道耶！」
「真的啊？跟爸爸一樣耶！」
「而且他對日本的茶道也很有興趣。英國不是以茶聞名嗎？」
「對啊。最近再找機會教你吧。來，請進請進！」
總算放心了。媽媽親切的迎接亞歷克斯。
第一天的晚餐是一整桌的炸蝦和綜合生魚片。
「小愛爸爸，不在嗎？」
「他是警察，平常很忙哦。亞歷克斯的爸爸會不會很晚才回家呢？」

「No.每天晚上，和家人，一起吃飯。」
亞歷克斯跟我們說英國人有多麼重視全家一起共餐這件事。
晚餐後，我們想亞歷克斯可能累了，於是請他先去泡澡。
這段時間，我到充當亞歷克斯房間的二樓和室鋪棉被，結果媽媽在樓下大聲叫我。
「愛！快點過來，大事不好了！」
「怎麼了？」
聽見她慌張的聲音，我趕快衝下樓梯，看到媽媽在浴室前面嘆氣。
「妳看看。浴缸的熱水全都流光了⋯⋯」
真的是空空如也。歐美地方的人喜歡在浴缸裡洗澡，最後再全部流掉嗎？
「如果每天泡完澡就把熱水流掉的話，這就麻煩啦。愛，妳要跟他說哦！」
怎麼辦？好像很難表達耶⋯⋯。
剛泡完澡的亞歷克斯一臉放鬆的樣子，坐在客廳看電視。
「亞歷克斯，我跟你說哦，在日本，泡澡⋯⋯呃，我們不會在浴缸裡洗澡。You don't wash your body in⋯⋯bathtub？」
「不可以，在浴缸裡面，洗澡？」

「對！還有，希望你不要把浴缸的塞子拔掉……。對了，畫圖好了！」

我拿過放在電話旁邊的便條紙，畫了用手拔掉浴缸塞子的圖。

接著在上面畫了一個大大的「×」，再給瞪大雙眼的亞歷克斯看。

「對不起。I'll be careful.（我會注意。）」

太好了！總算能溝通了。

爸爸那天很晚才回來，一直到第二天吃早餐的時候才見到亞歷克斯。

「爸爸，早安。初次見面。」

「早！你就是亞歷克斯啊！歡迎你遠道而來。」

爸爸在亞歷克斯面前，還是一樣用日文說話。

不知道為什麼，兩個人的溝通很順利，爸爸教亞歷克斯用筷子吃煎竹筴魚的方法，還有吃魚的時候不可以翻面。

只要有心想要表達，就算語言不通，其實還是有辦法的。

亞歷克斯到我家的第一個星期天，媽媽也跟我們一起去東京觀光。
我們在秋葉原的步行者天國，和cosplay成卡通角色的人們合照。
去上野的時候，我們去了大受外國觀光客歡迎的印章店，這裡可以刻製喜歡的文字。
「亞歷克斯，你想刻什麼漢字？你喜歡哪個字呢？」
「I like your name. "Ai" means "love," doesn't it?（我喜歡妳的名字。『Ai』是『愛』的意思吧？）」
亞歷克斯真的刻了一個「愛」的印章，他非常高興。
雖然我覺得有一點複雜……既然他高興就好了！
這一天，我最驚訝的就是亞歷克斯非常保護我。
走在人行道的時候，他會走在車道那一邊，到餐廳的時候，他會幫我拉開椅子。
『女士優先』就是這回事啊。我有點不好意思，不過也很開心。

帥氣又溫柔的亞歷克斯，在學校也成了女孩們的注目焦點。
下課的時候，我看著幾個女孩拉著亞歷克斯，真由子對我說。

「妳知道嗎？大家都在說小愛霸佔了亞歷克斯耶！」
「真的嗎？我只是接待家庭啊……」
再說我喜歡的是栗須老師耶……。
其實，自從亞歷克斯來了之後，我覺得栗須老師更常跟我說話了。
「愛，妳的英文有沒有進步啊？」
「別教亞歷克斯一些奇怪的日文哦！」
他說的話還是一樣不中聽，不過我很清楚這是擔心的表現。
我最喜歡栗須老師這種溫柔的個性了。
星期六下午，我們決定傍晚去參加廟會。
我和亞歷克斯在二樓的房間裡聽音樂。
他也很喜歡音樂，隨身聽裡裝了好多賈斯汀畢柏的歌曲。
「啊，這是日本還沒發行的曲子耶！等一下可以借我聽嗎？」
亞歷克斯點點頭，這時我的手機響了。是真由子打來的。
「喂。……咦，妳不能去了？好可惜哦……。下星期學校見囉！」
掛掉電話之後，亞歷克斯問我。

「……真由子，不能去？」

「嗯，聽說她奶奶受傷了，她要去探病。好可惜哦。」

亞歷克斯沒有再說什麼。

音響開始播放賈斯汀的『U Smile』。

我覺得很開心，就拿栗須老師送我的美國雜誌給亞歷克斯看。

「這是栗須老師給我的哦！」

我只是隨口說說，不過亞歷克斯突然一臉認真的看著我。

「Why does he give presents to you?（他為什麼要送妳禮物？）」

被他的藍眼睛盯住，我一時說不出話來。

「為什麼……呃……」

「愛，亞歷克斯，下來吧！」

樓下傳來媽媽的叫聲。太好了，總算能逃離這個尷尬的氣氛了。

我鬆了一口氣，聽媽媽的話走到客廳裡，客廳裡掛著兩件浴衣。

一件是白底有著粉紅與紅色牽牛花圖案的女裝。這是去年夏天訂做的。

另一件比較大，是深藍底，白色直條紋的男裝。

「Wow!（哇！）」
走在我後面的亞歷克斯興奮的驚呼一聲，媽媽一臉滿意的說道。
「這是要給亞歷克斯穿的浴衣哦。這件是之前幫爸爸做的，結果根本沒機會穿。喜歡的話就給你穿吧！」
我們到隔壁房間，由媽媽一一幫我們穿上，穿好之後我們一直打量對方穿浴衣的模樣。
第一次穿浴衣的亞歷克斯有點害羞，臉頰紅通通的。
「Ai, you look like a daughter of a samurai!」
「我像武士的女兒？這、這樣啊……。亞歷克斯也很帥啊！」
因為他太高了，浴衣的長度不夠，下襬還露出了一小截小腿肚。

太陽西沈後，我們來到神社，燈籠妝點了參道，人們穿著五彩繽紛的浴衣，好不熱鬧。射擊、套圈圈、抽籤……第一次逛夜市，亞歷克斯看得眼睛都亮了。
「亞歷克斯，你想玩什麼？」
「Whatever you like.」

「呃……你的意思是『我想玩什麼都好』嗎？」
亞歷克斯點點頭，我害羞的別過頭，瞄到撈金魚的水槽。
「啊，我們來撈金魚吧！」
我衝到水槽邊，蹲在前面，亞歷克斯也蹲在我的旁邊，看著裡面。
「What is this goldfish for?（這些金魚是幹嘛的？）」
用口頭說明太難了，我決定實際示範給他看。
我看準靠近水面的紅色金魚，把紙網斜斜放入水面，迅速撈起來。
「Nice, Ai!（愛，成功了！）」
「看吧，撈金魚我可厲害了！」
我拿紙網的手做出勝利的姿勢。
「接下來是亞歷克斯前面那隻！」
我稍微往前蹲，這時亞歷克斯的臉突然湊過來，嘴唇輕輕碰了我的臉頰。
「喂、你……！」
「You always make me happy.（每次跟妳在一起都很開心。）」
我的腦袋一片空白，完全不懂亞歷克斯在說什麼。

我覺得很丟臉，不敢抬頭，這時我看到不遠處有個人的腳步停了下來。
「Mr. Kurisu!（栗須老師！）」
聽見亞歷克斯的大叫聲，我抬頭一看，看到栗須老師站在那裡。
老師什麼時候來的呢？老師該不會看到剛才那個吻了吧……？
「Are you enjoying the festival?（廟會好玩嗎？）」
亞歷克斯站起來，用天真的口氣問栗須老師。
「Yes, but I came to patrol.（好玩。不過我是來巡視的。）」
老師瞄了蹲在水槽前面的我看了一眼。不過什麼都沒說。
「You guys look nice! 先走了！」
老師拍拍亞歷克斯的肩膀，背對著我們走進人潮之中。
「……老師剛才說了什麼？」
「他說我們很相配。」
咦？我跟亞歷克斯很相配!?
他誤會了啦。我喜歡的明明是老師……。
老師果然看到亞歷克斯親我的那一幕了。

而且老師甚至沒跟我打招呼。

不管我被誰吻了，老師都不會介意吧……。

眼淚突然湧上來，我一點也不在乎浴衣下襬會不會髒掉，一屁股就坐到地上。

「還好嗎？妳怎麼哭了呢？」

亞歷克斯把手放在我顫抖的肩膀上。

「我……喜歡栗須老師。不過他是老師，所以我們是不可能的。我說不出口。」

為什麼我會對亞歷克斯說這件事呢？不過我再也無法壓抑我的感情。

「反正都不能說出口，早知道就不要喜上歡老師了。」

「You're wrong!（妳錯了！）」

亞歷克斯強硬的口氣讓我嚇了一跳，我抬起頭看他。他白皙的臉孔脹得好紅。

「I like you, so I kissed you.（我喜歡妳。所以才會吻妳。）」

「……！？」

「Don't lie to yourself. You have to tell him you love him, even if he is your teacher.（不要欺騙自己。就算他是老師，還是要說出妳喜歡他的心情。）」

難得的廟會，我的臉哭花了，腦袋也全都亂成一團了。

在這件事之後，亞歷克斯還是若無其事的，開朗的面對我。
雖然剛開始還有一點尷尬，不久之後我們又能像以前一樣開心的聊天了。
結業式當天的下午，禮堂會辦一場留學生的告別派對。
亞歷克斯還要聽帶隊的老師說明回國的事宜，所以早一步離開家門。
派對可以穿便服參加，所以我穿上表姐結婚的時候買的藍色洋裝。
我從來沒打扮成這樣去學校，總覺得有點害羞。
栗須老師看到之後，他會說什麼呢？看起來是不是比較成熟呢？
我一直想著老師的事，沒想到一進禮堂就遇到他，我的心跳都快停了。
老師抱著大大的紙箱，目光正好對到我的視線，對我一笑。
「You look nice today!」
咦？這該不會是他之前對亞歷克斯說的話吧……？
「妳聽到了嗎？我正在誇妳穿這件很好看耶？」
原來老師當時只是在誇我們「穿浴衣很好看」啊！
我放下心上的大石頭，總覺得很可笑，於是大聲笑出來。
「妳在笑什麼啊！」

「Sorry, I can't stop laughing!（對不起！我停不下來。）」

我脫口而出的竟然是英文，栗須老師瞪大了眼睛說道。

「很厲害嘛。畢竟溫柔又帥氣的老師一直陪在妳身邊啊。還是因為有了喜歡的對象，才會這麼認真學習呢？」

……我突然覺得一陣心痛。

「……為什麼要對我說這種話呢？」

「我說對了吧？不過好寂寞哦，明天就要回去了。」

「咦？回哪裡去呢？」

「……你在說誰啊？」

「不就是老師嗎？」

「不是亞歷克斯嗎？我問的是你『喜歡的對象』……」

我拼命忍住快要掉下來的眼淚，抬頭看著老師。

「咦，我？是我嗎？」

這時，禮堂裡面有人叫著老師的名字。

「栗須老師，快點拿過來！你不拿來就沒辦法準備了！」

「Sorry! I'm coming!（抱歉，我馬上來！）」

亞歷克斯終於要回英國了。

留學生們和帶隊老師約好到車站集合，再一起前往機場。

我和媽媽一起去車站送行，把準備好的禮物交給亞歷克斯。

那是一張櫻花圖案的簽名板，上面用毛筆寫著『亞歷克斯』。

「好厲害！好漂亮哦！」

「真的嗎？你喜歡真是太好了。」

「愛、媽媽，謝謝妳們。……愛，這個，給妳。」

亞歷克斯遞給我一張小卡片，笑著對我揮手之後走入剪票口。

他真是個好孩子。希望還有機會見面……。

回家之後，我打開小卡，上面寫著亞歷克斯的字跡。

『Love means never having to say you're sorry.』

接下來是『Yours, Alex（亞歷克斯上）』的結語，不知道為什麼還蓋了『愛』的印章。

我忍不住笑了出來，這句話是什麼意思呢？

我用網路搜尋卡片上的句子。

——「愛，就是是永不言悔。～電影『愛的故事』」

栗須老師的特別講座⑤

OK！這個部分
大家來認識
代名詞吧。
第5章的
☆部分，
老師，請再多
講一點！

Did he give it to you?
他送給妳的？
（104 頁）

用來取代「真由子」、「蘋果」、「老師」等等具體名詞的，即為「代名詞」。可以用於句子主詞的代名詞除了 I（我）、he（他）之外，還有 you（你、你們）、she（她）、it（它）、we（我們）、they（他們、她們、它們）。先學會這 7 種吧。

代名詞還有 this（這個）、that（那個）、these（這些）、those（那些）、something（哪些）等等。

I like your name.
我喜歡你的名字。
（108 頁）

your 是 you 的變化形，是表示「你的」的代名詞哦。像這類的代名詞除了 your 之外，還有 my（我的）、his（他的）、her（她的）、its（它的）、our（我們的）、their（他們的、她們的、它們的）。表示「～的」的代名詞，要像 your name 這樣，放在名詞前面。

也有不用代名詞來表現「～的」的方法哦。

・This is Ai's desk.（這是愛的桌子）像這樣在人名的後面加上「's（撇號 s）」就行了。

Yours,
Alex
亞歷克斯上
（119 頁）

yours 是表示「你的，你們的」的代名詞。

・Is this yours?（這是你的嗎？）

用法像這樣。

亞歷克斯寫的，在書信結尾使用的 Yours，相當於日文中的「匆此」、「敬上」。在下面再加上簽名（寫自己的名字）。順帶一提的是寫英文書信時，就算內文都是用電腦打字的，基本上還是要親筆簽名哦。

除了代名詞之外，也有 me（讓我、給我）等等表示受詞的用法。

・Take me to the station.（帶我去車站）

・Send me a card.（寄卡片給我吧）

像這樣的用法。除了 me 之外，還要請大家記住 you（讓你、給你）、him（讓他）、her（讓她）、it（讓它）、us（讓我們）、them（讓他們、讓她們、讓它們）。

Check! 老師的小測驗

/3

Q.1 下列何者為「你們」？

① we　② you　③ they

Q.2 下列何者為「我的書」？

① my book　② your book　③ our book

Q.3 下列何者為書信中的「匆此」？

① You,　② Your,　③ Yours,

答案 Q.1……②／Q.2……①／Q.3……③

小愛的用英文談戀愛

Do you want to come?
「要不要一起來？」

邀約的時候

栗須老師發現我的心意了……？現在我覺得好丟臉哦。不過還是轉換一下心情吧！

真想和心儀的對象單獨出去玩耶～。如果妳有這種想法的話，不妨鼓起勇氣大膽邀約吧。

♡ Do you want to come?（要不要一起來？）

說這句話吧。聽到感情不錯的朋友這麼說，一定會很高興！不要客氣，主動進攻吧。

自己開口邀請固然是一個好方法，如果無法當面開口的話，

♡ I'll text you later.（我再寫mail給你）

先預告一下，再用mail邀約。相反的「寫mail給我」則是Text me.哦。

兩個人一起去玩，一定很愉快吧。希望下次是對方開口邀請。不過一直等待有點無趣。這時可以用這種表現。

♡ Can I ask you out sometime?（下次還可以再約你嗎？）

【第6章】
It doesn't matter.
（沒關係）

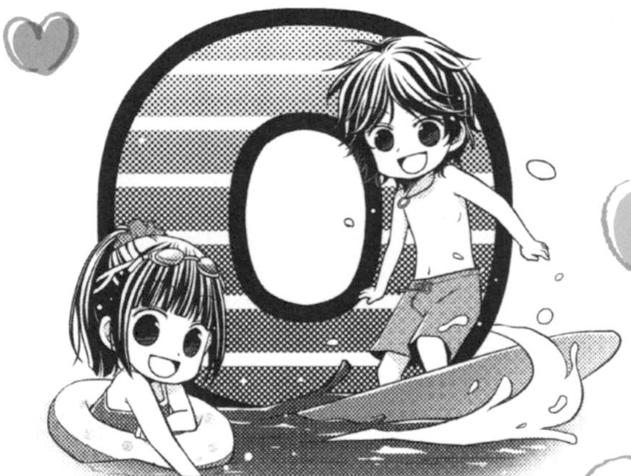

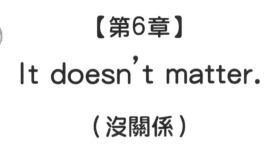

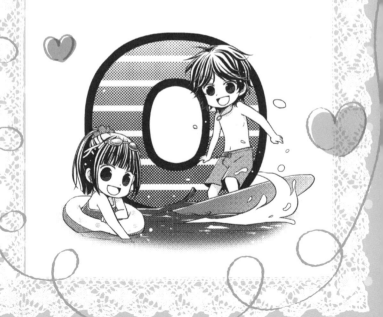

到了七月的尾聲時，比完了最後一場運動大會後，我退出田徑隊，所以也不用再去學校了。

我覺得今年的暑假特別漫長。

在意外的狀況下告訴栗須老師我的心意，接著就放假了。

當時老師的表情非常驚訝，不知道他怎麼想呢？

我也有點不好意思，不過這樣至少比被誤會和亞歷克斯在一起好吧。

老師說他暑假要回洛杉磯的老家。

一樣的夏天，洛杉磯跟潮濕酷熱的日本不一樣，應該是乾爽的夏天吧。

真希望他能帶我去耶……。

無法見到栗須老師的暑假，我非常認真的準備作業——英語報告。

學校會用這份報告來選出參加市內英文演講比賽的參加者。

比賽的冠軍可以在十一月時赴美國短期留學。

留學是我的夢想！我一定要得到第一名然後去美國。

獲選為學校的代表之後，好像還能接受栗須老師的個別指導。
報告的主題是「目前關注的社會問題」。
我現在關注的是……。最關心的應該是「日本的防災」吧。
東日本大地震以來，人們經常討論防災的問題。
前陣子看了電視，也有人說「下次再發生地震，日本可能會遭受非常嚴重的打擊」。
我覺得不應該只讓人們感到危機，如何預防下一次的災害，才是最重要的吧？
好，報告的主題就選用「日本的防災」吧！
補習班下課之後，我馬上趕到圖書館，同時透過網路搜尋，開始蒐集資料。
地震、海嘯、核能發電廠的構造、重振之路……。
有許多我第一次接觸的事物，就連用日文寫報告都花了很多時間。
再翻譯成英文就更困難了，我逐字查閱字典，拼命完成這份報告。
接下來就是期待已久的第二學期開學典禮。
好久沒看到栗須老師穿著西裝的模樣，他曬得比較黑，頭髮也變長了。
我覺得非常不好意思，在錯身時行禮已經耗費我全身的力氣。
報告在第一堂英文課時提交。

我緊張的呈上報告，栗須老師快速翻閱之後，對我露出微笑。

「好像很認真嘛。I'm counting on you!（我很期待哦！）」

下一個星期，栗須老師抱著一堆報告進入教室。

他看起來好像很高興，是我的錯覺嗎……？

「現在要把報告還給大家。大家寫得還不錯。經過所有英文老師審查的結果，決定從我們班選出演講比賽的學校代表。我要發表囉！」

教室一陣騷動。是誰呢？希望是我……。

「羽生愛！」

真不敢置信。不過栗須老師看著我，我才知道這是真的。

「其他老師也覺得妳的報告寫得很好哦。比賽之前，我每天放學後都會好好訓練妳的！」

我真的獲選為學校代表了。去美國也不是夢想了！

而且接下來每一天都能接受老師一對一的特訓，簡直像作夢一樣。……太幸福了！

不過栗須老師的特訓遠比我想像中的還嚴格。
首先，為了增加說服力，必須大幅補充、修正報告的內容。
「這裡不是『It is not』，而是『It isn't』吧？」
英語發音也比過去的要求更加嚴格。
「『don't』的發音不是『動』而是『[don't]』吧？妳這樣是比不過歸國子女的哦。在比賽之前唸個五百次，把它牢牢記住！」
我聽從老師的話，除了在自己房間裡，就連洗澡的時候都一直在唸英文。
雖然很辛苦，不過每天可以跟老師單獨相處的特訓，成了我最期待的一件事。
「愛，放學後到英文準備室哦！Don't be late!（不准遲到哦！）」
下課的時候，老師走到我身邊，對我說這句話，我聽了好高興。
看著栗須老師走出教室的背影，真由子說。
「栗須老師很疼小愛耶。老師應該很忙的，還每天幫妳特訓。」
「有嗎？他超嚴格的耶。他本來就很壞心，現在更上層樓了。」
「人家說『愛之深責之切』嘛？老師一定想讓小愛得冠軍哦！」
——「很疼」。「愛之深責之切」。

我把這幾句話放在腦海裡重複撥放了一遍又一遍。

放學後，我依然每天過著急忙趕到英文準備室的日子。
那天也是，我一心想要快點過去，正在收拾筆記本和文具。
但是書桌裡和書包裡都找不到我的英文字典。
奇怪了？我放在家裡了嗎？不過今天早上應該有放進書包裡啊……。
算了。今天先跟栗須老師借好了。
雖然老師可能會罵我「連字典都忘記帶，妳有沒有用心啊!?」……。
結果到了第二天，值日生才在講桌裡找到我的字典。
為什麼會在那種地方呢……。

在距離展開比賽特訓之後，兩個星期的某個早上。
當我走到教室入口附近時，聽見有樹她們熱鬧的笑聲。

有樹長得比較魁武，說話也比較有份量，可以說是班上的領導者。

「早安！」

走進教室後，我發出精力十足的聲音。不過沒有任何人回答我。

大家都沒聽見嗎？當時我只是單純的想著。

吃中餐的時候，我正打算一如往常的，和真由子與亞里紗她們四個人併桌。

不過亞里紗和由美根本不看我一眼，就跟別的團體併桌了。

「亞里紗她們怎麼了嗎？」

我小聲的問著，真由子一副難以啟齒的樣子說。

「……大家都在說栗須老師對小愛特別偏心。是有樹她們開始傳的。」

「真的嗎？」

「嗯。跟小愛在一起的話，就會被有樹她們敵視，所以亞里紗她們不敢跟我們在一起了。」

「……」

「可是小愛沒有錯啊。不要介意了。吃午飯吧！」

雖然真由子這麼說，不過我突然覺得眼前一片昏暗。
從那一天開始，班上的女孩就開始無視起我和真由子了。

三天後，真由子沒來上學。井上老師說是感冒發燒了。
少了真由子之後，我感到更加的孤立，從早上開始就一直是一個人。
從來沒想到沒人跟我說話竟然是這麼難熬的一件事。
上體育課之前，我孤伶伶的換上體育服裝，一個人走到體育館。
打排球的時候，大家都集中攻擊我，當我無法回擊時，大家則會取笑我。
一個人的午餐時間，我沒了食欲，根本吃不下任何東西。
我快快收拾餐具走出教室，躲進廁所裡。
忍耐已久的眼淚終於掉下來。為什麼會變成這樣呢？
我只不過是喜歡栗須老師，認真讀英文而已啊……。
走廊下突然傳來吵鬧的聲音，聲音慢慢朝廁所逼近。
「小愛啊，看了就好討厭哦！」

我用顫抖的手掩住嘴巴，以免自己發出聲音。

「暑假的報告也是啊，一個人在拼命個什麼勁啊。她一定是想討栗須老師的歡心啦！」

「再說為什麼都是愛啊？亞歷克斯也是住在愛家裡。」

「只不過英文比別人厲害一點。該不會是想討好栗須老師吧？」

聽到這些聲音就能知道是誰在說話，而這些話也刺進我的胸口。

「喂，這一間的門一直沒打開耶？」

「搞不好是愛躲在裡面，不敢出來吧！」

我拼命忍住想回家的心情，把下午的課上完。

放學後就能見到栗須老師了。這件事成了支持我的力量。

一到英文準備室，原本對著電腦的老師，看到我的臉之後嚇得停止手邊的動作。

「妳眼睛怎麼了？怎麼這麼腫？是鬼故事裡的『阿岩』嗎？」

如果是平常的話，聽到老師的玩笑話，我一定會立刻反擊……。

「啊，該不會是沒睡飽吧？昨天練演講練到很晚嗎？還要準備入學測驗，辛苦妳了。」

……老師，為什麼今天你特別溫柔呢？

看到老師的臉之後，我終於放鬆一直壓抑的心情，再也無法忍耐了。

「呃，老師、我……被班上的女孩排擠了……」
「真的假的⁉為什麼⁉妳做了什麼事嗎⁉」
看到栗須老師這麼擔心，我好想把一切都說出來。
不過老師竟然成了我被欺負的原因，這種事我絕對說不出口。
「真由子因為跟我很要好，也被排擠了……。可是今天真由子請假……」
我第一次在老師面前放聲大哭。
老師一直等到我停止哭泣，接著輕輕拍了我的頭。
跟平常敲我後腦杓的方式不一樣，是一種很溫柔的拍法。
「我以前也被欺負過，所以我很了解妳難過的心情哦！」
咦？這個自我中心，比較像是會欺負人的栗須老師竟然被人欺負？
「剛到美國讀小學的時候，我完全不會說英文，所以被欺負得很厲害。像是被別人罵，或是被排擠啦，因為我不會說英文，所以不能回嘴。當時我真的很不甘心。」
真不敢相信。栗須老師也有這樣的過去……。
「所以我才會發奮讀英文。第一步就是要罵欺負我的人。如果還是很難過的話，我就會去這片海灘，一個人看海。」

老師從外套的內袋中取出記事本。

再從記事本裡拿出一張拍著夕陽海岸的照片。

「好漂亮……」

「對啊！我每次看到夕陽，心裡就會想『加油！』，又鼓起勇氣。這是我最喜歡的洛杉磯夕陽，真希望有機會帶妳去看。真的很漂亮哦。」

好想看哦。老師最喜歡的洛杉磯夕陽。

如果那時候老師也能在我身邊，不知道該有多好……。

「OK,今天別練習了！That's all for today!（今天結束了！）」

「呃……這樣好嗎？」

「沒關係啦，才一天而已。既然妳看了我私藏的照片，明天也要加油哦！」

我說不出話來，低著頭離開英文準備室。

栗須老師，非常感謝你的鼓勵。

我想靠自己的力量，解決霸凌的問題。

演講比賽也是，我要用盡自己的全力，好好加油。

我終於決定自己的願望了。『請保祐我在演講比賽中奪得冠軍』。

如果得到冠軍，我要向栗須老師表白自己的心情。
那天晚上，我握著老師給我的Kokopelli進入夢鄉。

「早安！」
第二天早上，我到教室之後，鼓起勇氣向有樹她們打招呼。
「我之所以認真讀英文，只是為了以後想去留學。如果妳覺得我有什麼不好的地方，就跟我直說吧。我會想辦法改掉的。」
我儘量用開朗的口氣，說出昨晚拼命才想出來的話。
「啊，還有，這件事跟真由子完全沒有關係哦。真由子真的是好孩子！」
雖然有樹她們只是呆呆聽著，不過我把想說的話都說出來了。
雖然我都說了，狀況也不是馬上就好轉了。
那一天，一直到放學後，還是沒有任何人跟我說話。
不過我覺得比較釋懷了，走到英文準備室。
「栗須老師！」

「哦，妳來啦！妳看起來很有精神嘛。」

「總不能一直都那麼消沈吧。因為我有遠大的夢想，所以必須向前邁進！」

「啊哈哈，妳的夢想是『去外國過時髦的生活』那個嗎？」

我對栗須老師說出以前從沒對任何人說過的夢想。

「那個還有後續。我希望讓更多貧窮國家的小孩有能力上學讀書，所以我要當個在世界飛來飛去的外交官。因此，我想要把英文學好！」

老師噗哧一笑後直盯著我瞧。

「很了不起嘛。沒想到妳居然還想著貧窮國家的孩子。我好意外哦！」

……過份！因為你是我最喜歡的老師，所以我才說出我重要的夢想耶。

「像老師這種在美國成長，英文流利的得天獨厚之人，是不會懂的啦！我們家跟外國又沒什麼關係，也不是有錢人。所以只能靠自己努力，掌握機會！同樣的，我也想給貧窮國家的孩子們更多的機會！」

他大概又要把我當笨蛋了吧。大概又覺得我在說大話了。

不過栗須老師什麼也沒說，只是盯著我的臉。

演講比賽的日子終於到了。
我已經用盡一切的努力了，還是好緊張。
我和帶隊的栗須老師約好在車站碰面，再搭電車前往會場的禮堂。
老師在車上說了比平常更多的玩笑話，不過我一直心不在焉。
抵達會場的休息室時，已經來了好多的參賽者和帶隊老師。
我聽到許多流暢的英文，氣氛非常緊繃。我連大氣也不敢喘。
「愛是第五個哦。」
栗須老師的表情跟剛才完全不同，非常認真，我感覺到老師的緊張。
萬一正式上場的時候失敗了，讓老師難過的話，我該怎麼辦呢……。
我想著這件事，拿演講稿的手抖個不停。
我想要立刻逃離這種緊張的感覺。我打開通往走廊的門。
「Wait!（等一下！）」
栗須老師追著我跑出來，他的聲音在空無一人的走廊上響起。
那一瞬間，我的手臂被拉住，老師把我擁進懷裡。
「我幫妳補充能量！一定不要緊的！You can do it!（妳一定能做到！）」

我在老師的懷裡幾乎喘不過氣來。我覺得很害羞，只能拼命點頭。
結果我只拿到第8名。冠軍是其他學校的歸國子女。
從暑假就開始認真準備，結果還是沒辦法獲勝……。
我覺得很不甘心，還有對老師的歉意，再加上剛才的不好意思，眼淚一直停不下來。
我坐在會場的座位上，沒辦法回到休息室。
好不容易才下定決心，我畏畏縮縮的打開休息室大門，老師獨自一人在裡面等我。
「第8名。您每天陪我練習，結果還是不能獲勝，真是抱歉……」
「It doesn't matter.（沒關係）第8名也很厲害啊。妳已經盡力了！」
老師笑著，非常自然的緊抱住我。
我馬上用力壓著老師的胸口，把他推開。
「請你不要戲弄我！也許老師覺得這麼做只是打招呼程度的身體接觸，對我來說卻不是這麼一回事。你已經知道我的心意，請不要做這種事！」
「抱歉。我，只是……」
我還是好喜歡栗須老師。
所以老師說的每一句話，老師做的每一件事，都會擾亂我的心情。

既然沒有獲勝的話，我也無法表白我的心意了……。

栗須老師的特別講座⑥

OK！這個部分
大家來認識
否定句吧。
第6章的
★部分，
老師，請再多
講一點！

It is not ～./It isn't～.
不是～。
（127 頁）

例如「這不是花。」，表示否定的句子稱為「否定句」。

be 動詞的否定句是在 am、are、is 的後面接上 not（不是～）。are not 可以縮寫為 aren't，is not 可以縮寫為 isn't，am not 不能縮寫。不過前面已經教 I am 可以縮寫為 I'm。

· I am sleepy.（我很想睡）
· I am not sleepy.（我不想睡）
· I'm not sleepy.（我不想睡）

加入 not 就是相反的意思了。

don't
（127 頁）

一般動詞的否定句要用 don't 哦。don't 是 do not 的縮寫。當主詞是 I、you、複數形的句子時，在一般動詞前面加上 do not 或是 don't 就成了否定句。請注意方法和 be 動詞的否定句不一樣哦。

· I like baseball.（我喜歡棒球）
· I do not like baseball.（我不喜歡棒球）

下面這句也可以用縮寫的 I don't like baseball. 哦。

It doesn't matter.
沒關係啦。
（139 頁）

matter 是表示「重要」的動詞，所以 It doesn't matter. 的意思是「沒什麼大不了的」。It matters.（那很重要）的否定句即為 It doesn't matter.。也可以視前後文翻成「別介意」或是「沒什麼關係」，代表多種不同的意義。

當否定句的主詞為 I 與 you 以外的單數（如 she 或 this 等等）時，不用 do not，而是使用 does not 哦。doesn't 是 does not 的縮寫。和 do not 一樣，在一般動詞前面加上 does not 就成了否定句。來看一下用法吧。

・She walks to school.（她走路去上學）
・She does not walk to school.（她不是走路去上學）
・My watch doesn't work anymore.（我的錶不會走了）

關於否定句的造法，應該沒問題了吧。

Check! 老師的小測驗

3

分別將下列句子改成符合中文的否定句。

Q.1 I am a tennis player.
「我不是網球選手。」

Q.2 They speak Spanish.
「他不會說西班牙文。」

Q.3 He thinks so.
「他並不這麼想。」

答案 Q.1……I am not a tennis player.（I'm not a tennis player.）/
Q.2……They do not speak Spanish.（They don't speak Spanish.）/
Q.3……He does not think so.（He doesn't think so.）

小愛的用英文談戀愛

I'm your biggest fan.
「我是你的一號支持者哦！」

鼓勵的時候

我已經這麼努力了，結果只得到第8名，雖然想說我已經沒有任何遺憾，不過還是好可惜哦……唉，真不甘心！

沮喪的時候，如果有人鼓勵自己，一定會覺得很開心呢。喜歡的人沮喪的時候，如果想直接說句鼓勵的話，

♡ Cheer up!（打起精神！）

只要說這句就行了。不過有時候聽到別人叫自己振作的話，反而會更覺得很難過耶。這個時候可以用這句話，

♡ I'm always on your side.（我永遠都站在你這邊）

表達支持對方的心情，再鼓勵他如何呢？心情低落的時候，聽到喜歡的人對我這麼說，我一定會超級有精神的。

♡ I'm your biggest fan.（我是你的一號支持者哦）

這個表現也可以告訴對方，自己是他的「伙伴」哦。雖然很露骨的表達喜歡的心情，如果可以鼓勵喜歡的人，也沒有關係啊！

【第7章】

You want something, go get it!

（有夢就要去追！）

演講比賽之後，由於我錯過留學的機會，再加上沒了每天的特訓，我失去全部的精力。

因為被教室裡的同學排擠，我覺得唯有特訓的時間是學校生活中的一線光明。

那天栗須老師兩度將我抱在懷裡。

我知道在老師土生土長的美國，「hug」只不過是一種親暱的情感表現。

實際上老師也非常自然，完全看不出有任何猶豫的樣子。

不過這裡是日本哦？我好歹也是一個女孩哦？

我根本不覺得這個動作只是情感表現耶……。

再加上我說「你已經知道我的心意，請不要做這種事！」的時候，老師滿臉通紅的模樣，讓我印象深刻。

栗須老師該不會對我……？儘管心裡否認了，我還是有點期待。

當時如果能確認老師的心情就好了……。

不過從那天起，老師突然對我很客氣。

他不曾在課堂外跟我說話，也不再從後面敲我的頭了。

因為我說了「請不要做這種事！」這也是很正常的吧。

我覺得惡作劇沒什麼關係，不過我受不了他跟我保持距離啊……。

「早安！」

今天早上，我空虛的聲音還是在教室裡響起。

反正不會有人回答。我一如往常的走到自己的座位上。

「……早安。今天早上好冷哦。」

是有樹。

她只說了這句話就快速經過，走進一群女孩的小團體裡。

真不敢相信。她剛才回答我了吧？她對我說話了吧？

「小愛，早安！……咦，妳在哭嗎？又發生什麼事了嗎？」

「沒有，不是啦。正好相反。……有樹她剛才跟我說『早安』耶！」

「真的嗎!?」

我和真由子走到樓梯底下哭泣。

經過的栗須老師看見我們。

從那個早上之後，有樹她們的態度就逐漸改變了。

亞里紗和由美也跟以前一樣，跟我們一起吃午餐了。

為什麼事情突然發生變化了呢？

是因為我之前說了「有什麼不好的地方，就跟我直說吧。」嗎？
因為我演講比賽沒有得到冠軍嗎？
還是因為我跟栗須老師很少說話了呢……？
不管是哪個原因都無所謂了。自己在教室裡有了歸屬感，我就很高興了。

不知不覺間，呼出來的氣都變白，已經到了上學時要在制服外面加外套的季節了。
栗須老師今天也在襯衫外搭著針織衫，非常好看。
「問日期的時候，大家知道What's the date today?的問法吧？詢問生日等等日期時，則會使用When is ～?的表現。」
這句話讓我回過神來，匆忙記著筆記，坐在我後面的鈴木突然大聲問道。
「栗須老師！老師的生日是哪一天呢？」
「嗯？如果你用英文發問，那我就告訴你。」
栗須老師的生日……。好像沒聽說過耶。是哪一天呢？
「呃……『When is your birthday?』對嗎？」

栗須老師開心的豎起大拇指。

「正確答案，那就告訴你吧。It's December 5.跟華特．迪士尼同一天哦。」

「迪士尼，是那個迪士尼樂園的嗎？」

「對。是米老鼠的創作者哦。跟我一樣，都是偉大的人物吧？」

老師的生日，跟創造我最喜歡的米奇的迪士尼，竟然是同一天！

……說起來，十二月五日不就快到了嗎！

「Do you understand?（大家懂了嗎？）我現在可是在宣傳生日哦。那就恭候大家的生日禮物了。」

老師一臉鎮定的，以餐廳服務生的口氣說道。

大家都哄堂大笑，不過我的全副精神都被老師的生日佔滿了。

我想送點東西給老師，順便當成演講比賽的回禮……。

不過我的零用錢也不多，沒辦法送什麼昂貴的東西。

我猜想著他會比較喜歡什麼樣的禮物，於是我回想起家庭訪問那一天的事。

栗須老師看到我們家的和室和練切，興奮的滿嘴英文。

他也說真由子的妹妹頭「像日本娃娃一樣可愛」，說不定是在國外生活太久了，反而喜歡日式的東西？

這樣的話用我們家裡現成的東西應該就行了吧。跟媽媽商量一下吧！

回家之後，我馬上走到廚房，跟正在準備晚餐的媽媽說話。

「媽媽，我有點事想跟妳說……十二月五日是栗須老師的生日耶……」

「真的啊。那不就快到了嗎？」

「我想要送他一點小禮物，當成演講比賽的謝禮，妳覺得如何？老師好像喜歡日式的東西，有沒有什麼可以自己動手做的東西呢？」

「這樣啊……日式的小東西如何呢？我們家有很多和服的碎布，妳要不要做做看？」

日式小東西啊……。栗須老師會不會喜歡呢？

雖然我有一點不安，不過我還是打開塞滿碎布的盒子，從紅色和粉紅色當中，挑出黑色或深藍色，圖案比較帥氣的碎布。

用拼布的手法製作一個面紙套如何呢？

可以隨時帶在身邊，也不容易被其他人發現。

當天晚上，我一直做著針線活直到深夜。
完成的面紙套很有男子氣概，以我來說，算是不錯的作品了。
栗須老師會喜歡嗎？今天完全都沒唸書，不過算了吧！

十二月五日終於到了。
過去，除了自己的生日之外，我從來沒有這麼期待生日。
想到這是栗須老師出生的日子，就覺得今天非常特別，真是不可思議。
真想快點跟老師道「早安。」還要把禮物送給他。
放學後，我拿著裝禮物的紙袋，悄悄前往教職員辦公室。
我還帶著課本，萬一被別人發現的話，還可以假裝來問功課。
「打擾了。」
我的心怦怦跳個不停，逐漸接近栗須老師的座位，看到老師跟繪美里老師正在說話。
他們一定在聊上課的事情吧。
繪美里老師在場的話，就沒辦法把禮物送給老師了。……我到教職員辦公室外面等好了。

「Are they going to be OK?（學生們不要緊吧？）」

「No problem.（不要緊的。）就算有回去洛城，一定會有人好好帶他們的。」

咦……？繪美里老師剛才在說什麼？

洛城就是洛杉磯吧？栗須老師要回洛杉磯了嗎？

我無法動彈，這時栗須老師正好看到我。

「愛！怎麼了？」

「老師……」

「妳什麼時候來的？」

「……洛城是怎麼回事呢？」

「妳聽見了啊……。嗯，我在第二學期結束之後就要回洛城了。」

老師在說什麼啊？我不懂你的意思。

「其實以前一直關照我的老師在問我要不要去洛城的日本人學校當老師……

正好在演講比賽之前吧。我考慮了一陣子，終於下定決心了。我打算在明天上課時告訴

大家。」

老師要走了，真不敢相信。
可不可以像以前那樣，笑著對我說「剛才是開玩笑的！」……。
「……這樣啊。原來老師這麼輕易就能辭職呢！」
「妳嘴巴上說『輕易』，妳以為我這麼輕易就決定了嗎？」
「我看起來就是很輕易啊！老師輕輕鬆鬆的就整理好自己的心情了呢！」
不是的。我才不想說這種話。我只希望老師不要離開。
「羽生同學，妳這麼說太失禮了吧？栗須老師也是煩惱了很久才決定的哦。」
「失禮的是栗須老師吧！三年級的副班導竟然在學年中就辭職了，這麼不負責任對我們才失禮吧！」
「妳這麼說也沒錯……不過妳的說法太過份了吧？」
老師說的一點也沒錯。繼續待下去的話，我可能會對老師說一些更過份的話。
「……對不起。先告退了！」
我丟下這句話之後，就背對著老師他們衝出教職員辦公室了。
我拿著沒能送出去的禮物紙袋，在走廊上奔跑。
我才不要為了那個壞心眼的老師流眼淚呢。

十二月五日真是最爛的一天！

正如昨天說的，栗須老師要向大家宣布自己的決定，看到第二天早上他走進教室時的緊張表情，我馬上就明白了。

我裝做若無其事，聽老師說話。

雖然真由子轉過來看我，我馬上就低著頭移開視線。

「咦！為什麼？開玩笑的吧？」

「至少等到我們畢業嘛！」

看到大家深受打擊，老師向大家低頭致意。

「I'm very sorry.（真的很抱歉。）不過我已經決定了。我會在洛城打拼，大家也要好好準備考試。我會幫大家加油！」

當栗須老師走出教室之後，教室瞬間沸沸揚揚。

「超震撼。雖然栗須老師有點自我中心，不過我還蠻喜歡他的耶！」

「回洛杉磯之後就沒有機會見面了吧！」

嘆息聲在教室裡此起彼落的響起，有樹走到黑板前面。

「結業典禮之後，大家要不要幫老師辦一場送別會呢？到時候大家送一張卡片給老師吧！」

第二天早上，有樹馬上就準備好要送給老師的卡片，讓大家輪流寫。

『一直以來謝謝您了。』『到洛杉磯也要加油。』

上面寫著這些話，不過我完全想不到自己該寫什麼。

雖然可以寫跟大家一樣的話，不過我總覺得不夠真心。

因為我只想告訴栗須老師『老師，我最喜歡你了。』

不過我怎麼說得出口。

結果我只寫上自己的名字「羽生愛」，就傳給下一個人了。

十二月二十二日。這個一直不希望它來臨的日子，終於還是來了。

辦了結業典禮，回家前又開了班會，教室就成了送別派對的會場。

大家準備了三明治與果汁，每個小組都要表演。

我心不甘情不願的參加歌唱表演，不過我根本就不清楚，為什麼我必須開心的唱歌呢？

接下來，由有樹代表大家獻上要給老師的話。

「栗須老師，剛開始你自信滿滿又自我中心的態度，讓我非常討厭你。不過，當我知道你其實是一個很溫柔的人之後，我們馬上就組成老師的粉絲俱樂部……」

有樹號啕大哭，都說不出話來了。手上的小抄不停的抖動。

栗須老師收下大家的卡片後，抓抓他的一頭亂髮。

派對的尾聲，老師站在大家面前。

我覺得他大大的眼睛好像閃了一下。

「呃。今天真的很感謝大家為我辦了這場派對。因為我的自私，突然辭去工作，我覺得非常抱歉。不過我還是想告訴大家一些話。

Don’t ever let somebody tell you, you can’t do something.

You got a dream, you gotta protect it.

People can’t do something themselves, they wanna tell you, you can’t do it.

You want something, go get it. Period.」

クリス
hank you!!
お別

他的發音非常標準。

很可惜的是我聽不懂全部的意思。

我再也聽不見這個聲音了吧。

我絕對不要忘記這個聲音。

「把剛才的話翻譯過來就是『不要聽信任何人對你說你辦不到。有夢想要自己保護。自己辦不到的傢伙，只會扯你的後腿。有夢就要去追。就是這樣！』。其實這是『當幸福來敲門』這部電影裡的台詞，我最喜歡這段話了。」

——『有夢就要去追』，很像栗須老師的風格。

我想要的東西。……是栗須老師的心意。

不過那是我絕對無法得到的東西。

老師的一席話非常有說服力，我再次覺得他果然是個「老師」。

老師在話中不斷用到「你們」這個字眼。

雖然發生不少事情，對於老師來說，我不過是眾多學生裡的一個人罷了。

現實讓我感到難過，想到今天是最後一天見面，就沒辦法跟老師道別。

我含著眼淚看著在大家包圍下微笑著的老師。

就這樣，進入國中的最後一個寒假。

由於獨處的時間比較長，我總會想起栗須老師。

結業典禮那天，我在走廊上跟繪美里老師擦身而過的時候，她很自然的告訴我老師出發的時間。

十二月二十八日。成田機場，傍晚五點多的班機。——今天正是二十八日。

我想再見栗須老師最後一面。

我想把辛苦做好的，沒能送出的禮物交給他。

要搭五點多的飛機，不曉得老師大概幾點出門。

總之先去車站，等老師經過吧。

我帶著裝了禮物的小紙袋，還有從書包上拿下來的Kokopelli後走出家門。

年底的街頭非常熱鬧、喧囂，天空彷彿就要下起雪來。

車站只有一個剪票口。

要是走進某間店裡等待，萬一跟老師錯過就糟了，所以我決定待在自動剪票口的旁邊等候。

30分鐘、一個小時、一個半小時……。栗須老師還沒來。

他該不會在我不注意的時候走掉了吧……。

「愛！怎麼了？」

栗須老師拉著大大的行李箱，睜大眼睛站在那裡。

當我看到期待許久的老師，想說的話統統都忘光了。

「難道妳在等我嗎？在這麼冷的天氣裡？」

「……呃，我有東西要給老師……。雖然有點晚，這是你的生日禮物。」

我下定決定送上紙袋。

「真的嗎？我可以打開嗎？」

「……我會不好意思，請你等一下再打開。」

「OK, thank you.（知道了，謝謝。）對了，之前的卡片，妳什麼都沒寫，只留了自己的名字吧。大家都寫了『謝謝』還是『保重』呢！」

我緊咬住下唇。

「妳怎麼什麼都不寫呢？」

那是因為老師離開對我的打擊太大了，我很寂寞啊。

而且我也不可能寫出我真正的心意。

難過的情緒害我掉下眼淚。

「我最討厭老師了！怎麼……這麼自私，竟然要去美國！」

老師一臉不知所措，看著哇哇大哭的我。

「因為妳的緣故，我才決心要好好當個老師。是妳讓我明白，老師其實是一個很有成就感、可能性十足的工作。到洛城也是因為我覺得這是一個大有可為的機會……。我，接下來會認真努力。所以妳也要認真唸英文哦。」

「……說這種話……。老師不在之後，我就沒辦法認真了啦……」

「妳在說什麼啊？」

「因為我對老師……」

老師用自己的食指堵住我的嘴。

「愛。我在美國等妳。妳一定要實現夢想哦。」

在美國等我……，實現夢想……，這是什麼意思？

「我走啦！」

留下哭花了一張臉，呆呆站著的我，老師消失在剪票口的後方。

寒假期間，我像個考生，每天都坐在書桌前，不過我根本無心唸書。

因為每次翻開英文字典，就會看到粉紅色螢光筆標示的單字……。

我很清楚，假期結束之後的第三學期，教室裡再也不會看到栗須老師的身影了。

因為老師不在了，感覺似乎是跟第二學期不同的地方。

「小愛，妳來看一下！」

真由子手上拿著某高中入學測驗介紹。

翻開貼著便利貼的頁面，上面寫著。

——『英文特別班的一年級學生可赴美國洛杉磯短期留學。』

「妳看，只要上這所高中，小愛就能去見栗須老師了吧？」

今年夏天可以去栗須老師所在的洛杉磯!?

「我一定要上這間高中!真由子，真的真的謝謝妳！」

真由子察覺我喜歡老師這件事，還特地幫我查了……。

感受到她的體貼，這時井上老師走進教室。

「第三學期終於開始了。大家好好加油哦！……寒假的時候，栗須老師寄給大家鼓勵的賀年卡哦。叫到名字的依順序過來領吧。」

「栗須老師？真的嗎？太好了！」

卡片好像是之前老師讓我看過的，拍了夕陽海灘的明信片。

「切！『雖然你搞笑差強人意，不過模仿我模仿得很像，所以就原諒你吧！』好你個栗須！」

「我的是『我知道妳上英文的時候都在塗鴉哦。以後在美術方面多加油吧！』」

大家都讀著自己的卡片，笑鬧著。

我的上面寫了什麼呢……。我用顫抖的手接過卡片。

對愛有著說不盡的感激。

妳給我的一切，我會好好珍惜。

好好唸英文哦。

You want something, go get it!

『有夢就要去追！』。這是派對時說的那句話。
為了跟老師見面，我會認真準備高中考試哦。
這時，我在卡片右下角發現小小的字。

ILU2

這是什麼呢？是什麼暗號嗎？
「喂，真由子的卡片上也有寫什麼暗號嗎？」
「沒有啊。只有『加油真由子，大和撫子！』」
我左思右想，還是想不出這四個字的意思。

我後來調查了真由子跟我說的英文特別班的錄取標準，跟我模擬考的落點差了很多。

這樣下去是不行的。要是我拼命唸書的話，說不定有可能。
於是我開始拼命準備考試。
除了吃飯、洗澡、睡覺的時間之外，幾乎都在唸書。
因為我太投入了，就連平常嚴厲的媽媽都說：
「妳不要把自己逼得太緊了。要是身體搞壞就完了。」
她也為我擔心。
到了三月……我收到錄取通知單了。
太好了！夏天就能去見栗須老師了！

栗須老師的特別講座⑦

OK！這個部分大家來認識疑問句吧。
第7章的☆部分，老師，請再多講一點！

When is your birthday?
你的生日是哪一天呢？
（147頁）

「這是什麼呢？」這種提問的句子稱為「疑問句」哦。When is ～?為表示「～是什麼時候呢？」的疑問句。其他有 What is ～?，表示「～是什麼呢？」，Who is ～? 表示「～是誰呢？」，Where is ～? 表示「～在哪裡呢？」。

用法如下，

・What's that?（那是什麼呢？）

・Who's that man?（那個男人是誰呢？）

・what's 是 what is 的縮寫，who's 則是 who is 的縮寫哦。

Do you understand?
大家懂了嗎？
（147頁）

用一般動詞造疑問句時，會使用否定句用到的do或does哦。將 You understand.（你們懂了）這句的主詞 You 的普通句前方加上 do，在句尾加上「？」，就成了疑問句。回答則用 Yes, I(we) do.（是的，懂了）。或 No, I(we) don't.（不，不懂），要使用 yes 或是 no。主詞為 I 與 you 之外的單數（he 等等）疑問句，則使用 does。

不過 Do you understand? 有時聽起來比較傲慢，大家別用哦。老師用是無所謂啦！

Are they going to be OK?
他們不要緊吧？
（150 頁）

be動詞的疑問句則要將 be 動詞放在句首。將 They are going to be OK.（他們不要緊吧）這個普通句改成疑問句時，要調換主詞 they 與 be 動詞 are 的順序，再句尾加上「？」即可。跟一般動詞改成疑問句的方法不一樣，請大家不要搞錯了。由於這是以 yes 或 no 回答的疑問句，句尾的音調要提高哦。

繪美里老師的回答是 No problem.（沒問題）呢。這是因為這個疑問的回答並不完全是 No.（不是）。Are they going to be OK? 的直接回答應該是 Yes, they are (going to be OK).（是的，他們不要緊），繪美里老師則改用 No problem. 回答。因為她體諒我的心情，話裡另有「別擔心」的含意。順帶一提，No problem. 也可以用來作為 Thank you.（謝謝）的回答哦。

順便看一下 be 動詞為 am 或 is 時的疑問句吧。

・Am I handsome?（我帥嗎？）
・Is your mother a doctor?（你媽媽是醫生嗎？）
・Are you OK now?（這樣就沒問題了吧？）

Check!
老師的小測驗

Q.1 下列何者是「這是什麼呢？」的英文呢？
① What is this?　② Where is this?

Q.2 下列何者可以用 yes 或 no 回答？
① Who is he?　② Do you know him?

Q.3 下列何者可以用 yes 或 no 回答？
① Are you OK?　② When is it?

答案　Q.1……①／Q.2……②／Q.3……①

小愛的用英文談戀愛

I love you.
「我愛你。」

告白的時候

在與栗須老師重逢之前，我一定要好好磨鍊自己和英文能力♪

和心儀的對象處得還不錯，不想破壞穩定的關係，所以保持現狀也不錯吧……。想到對方不知道是否已經有女朋友了，在不安的狀態下感覺不是很好呢，還是下定決心告白吧！雖然有風險，不過想要得到自己真正想要的事物，還是要做好失去的心理準備吧。

到了這個地步，不用再繞圈子了，直接表達吧。

♡ I like you.（我喜歡你）

簡單的字句才能直接打動對方的心靈。這樣就不怕對方誤會了吧。趁著難得的機會，好好看著對方的眼睛，表達自己的心意吧。比起like，如果要想用love的話，那就說

♡ I love you.（我愛你）

♡ I'm in love with you.（我愛你）

希望對方接受你的心情！

從小就嚮往已久的留學。
而且這裡是洛杉磯，是栗須老師生活的城市。
HOLLYWOOD
雖然只有一個月Homestay的同時，到當地的高中上學。
老師…我的夢想願現了哦！
Hi, Ai.
Welcome.
○○日本人学校内
老師，我來到洛杉磯了。
好想見你哦，老師——
How can I get to Venice Beach?（威尼斯海灘要怎麼走呢？）
Go straight. You can't miss it!（直走。馬上就能看到了！）
跑
Thank you so much!（謝謝！）
來到洛杉磯之後，我有個想去的地方…
這一帶吧……
沙…
是這裡嗎……

哇…
沙沙…
老師讓我看的照片裡的夕陽——
這是我最喜歡的洛杉磯夕陽。
真希望有機會帶妳去看。
老師，

我拼命的唸書，
終於來到這裡了。
好想跟你
一起看夕陽哦…
——被妳搶先了。
……
不用看我也知道，
我不會認錯這個聲音

我看了妳的信，
本來打算去寄宿家庭接妳的，結果妳不在…
老師！
我好想見老師…
我有話要跟你說…
我一直好想聽到這個聲音。
那個時候，沒能寫在卡片上的話，現在可以告訴你嗎…？
噗
呃…
那個…

"I love you," right? （我愛你，對吧？）
點頭
I knew you had feelings for me. （我知道妳的心情…）
I was your teacher then, so （那個時候我是老師，）
I couldn't give you anything back. （不能回應妳的心情。）
"I love you, too." （是I love you, too.啦！）
When I said "I'll be waiting for you in the U. S," that was all I could say. （所以我只能說「在美國等妳。」）
Then what did "ILU2" mean? （那麼ILU2是什麼意思…？）
I love you, too.
ILU2

我也愛妳。
不敢相信。
妳後來也有唸英文吧？
怎麼連這四個字都不懂，程度還不夠啊！
不過總有一天，我要把心意全都告訴老師，
我會認真讀英文的！
走囉！
Never let me go.
哇
抱緊
別離開我。

o'clock 副 ～點（準點）

It's ten o'clock.

▶現在是 10 點（準點）。

voice 名 聲音

Ai spoke in a loud voice.

▶小愛大聲的說話。

ocean 名 海，海洋

Let't go swimming in the ocean.

▶去海裡游泳吧。

up 副 往上，往高處

The ballon went up in the sky.

▶氣球在天空裡越飛越高。

I LOVE YOU 的英文單字

I 代 我

I am Habu Ai.

▶我是羽生愛。

learn 動 學習

Do you want to learn English?

▶你想學英文嗎？

early 副 快 形 早

I got up early this morning.

▶我今天早上很早起。

you 代 你

I love you.

▶我愛你。

TITLE

說不出口的 I LOVE YOU

STAFF

出版　瑞昇文化事業股份有限公司
編著　セン恋。製作委員会
漫畫　七輝 翼
譯者　侯詠馨

總編輯　郭湘齡
責任編輯　林修敏
文字編輯　王瓊苹　黃雅琳
美術編輯　李宜靜
排版　菩薩蠻數位文化有限公司
製版　大亞彩色印刷製版股份有限公司
印刷　桂林彩色印刷股份有限公司
法律顧問　經兆國際法律事務所　黃沛聲律師

【セン恋。製作委員会】

木島麻子❤松田こずえ❤宮田昭子
橋爪美紀❤七輝 翼❤古屋美枝
原てるみ❤須郷和恵❤田中裕子
上保匡代❤

戶名　瑞昇文化事業股份有限公司
劃撥帳號　19598343
地址　新北市中和區景平路464巷2弄1-4號
電話　(02)2945-3191
傳真　(02)2945-3190
網址　www.rising-books.com.tw
Mail　resing@ms34.hinet.net

初版日期　2013年4月
定價　180元

國家圖書館出版品預行編目資料

說不出口的I LOVE YOU ／セン恋。製作委員會編著；
侯詠馨譯. -- 初版. -- 新北市：瑞昇文化，2013.04
176面；12.8x18.8公分

ISBN　978-986-5957-58-2(平裝)

861.57　102005878